妹の縁談

小間もの丸藤看板姉妹㈡

宮本紀子

時代小説文庫

角川春樹事務所

本書は、ハルキ文庫のために書き下ろされた作品です。

目次

本文デザイン／アルビレオ

小間もの丸藤 看板姉妹 二

妹の縁談

第一章　藪入り

夏の、かんっと晴れ渡った空が広がっていた。

朝から陽射《ひざ》しもきつく暑さはじりじりと増している。外ではうるさいほど蟬《せみ》が鳴いているが、今日に限っては人々の、とくに奉公人たちの耳には届いていまい。

なぜなら今日は七月十六日。奉公人の年に二度ある休みのひとつ、藪入《やぶい》りなのである。

里が近い者は家に帰り、親やきょうだいに会い、墓参りをする。家が遠い者は連れ立って芝居や見世物見物、年嵩《としかさ》の者のなかには吉原《よしわら》にくり出す者もいる。

またこの日は閻魔《えんま》の斎日《さいじつ》でもある。各地の閻魔堂で御開帳がなされ、奉公人たちはここにもこぞって参詣《さんけい》する。

日本橋伊勢町《にほんばしいせちょう》の大店《おおだな》、小間物商「丸藤《まるふじ》」の総領娘の里久《りく》も、小僧の長吉《ちょうきち》につき合って、一緒に蔵前《くらまえ》は天王町《てんのうちょう》にある華徳院《けとくいん》の閻魔堂へ参詣に来ていた。いつもの振袖《ふりそで》姿ではなく、今日は気軽な木綿《もめん》の小袖《こそで》だ。

ここの閻魔像は、高さ一丈六尺（約五メートル）。運慶《うんけい》の作と伝えられている坐像《ざぞう》で、江戸随一《ずいいつ》の閻魔様として名高い。だから人出も相当なものだと、ここに向かう道中の舟の中で、「丸藤」に奉公にあがってから毎年来ているという長吉に聞いてはいたが、実際目《ま》の当たりにすると想像をはるかに超えていた。

境内《けいだい》は黒山の人だかりで、拝《おが》むどころか押し合いへし合い。熱気で息ができぬほどだ。これでは「一緒にどうだい」と誘った妹の桃《もも》が「とんでもない」とすぐ断るはずだ。

「姉さん、行くなら振袖はやめたほうがいいわよ」

そう教えてもらっていなかったら、どうなっていたことか。

里久は幾重《いくえ》もの人の頭ごしから賽銭《さいせん》を投げ、目をかっと見開いて睨《にら》みつける閻魔様に手を合わせ、早々に参詣の人混みを掻《か》き分け、ほうほうの体《てい》で脱《ぬ》け出した。少し遅れて長吉も汗だくになって人波から出てくる。拝めたことよりも、無事に脱け出せたことに、ふたりで安堵《あんど》のため息をついた。

「すごいねぇ」

里久は首筋に流れる汗を手拭《てぬぐ》いでふきながら、今度は感嘆《かんたん》のため息をつく。

大勢の参詣人は、身なりからして大半はやはり奉公人たちだ。それだけこの江戸で働く者たちが大勢いるということで、また言い換えればそれだけ多くの奉公先があるということだ。その大部分がお店《たな》だろう。武家で奉公している者もいるだろう。みんな里から遠く離れ、ひとりで江戸に働きに来ている。

寂しくないのかな、家や親きょうだいが恋しくないのかな、と里久は思う。

幼いころは体が弱く、養生《ようじょう》のため十七になるまで品川《しながわ》の叔母《おば》の許《もと》で暮らした里久は、今年になって、江戸は日本橋伊勢町にある実家の「丸藤」へ戻ってきた。だが、大方浜で育った里久にとって、慣れない土地や小間物を商《あきな》う大店の暮らしは、気苦労の連続だった。そして家族にもなかなか馴染《なじ》めず、品川や叔母恋しさに臥《ふ》せってしまったのが、ついひと月ほど前のことだ。でもいまは大丈夫。奉公人に助けられ、なにより、父や母、妹に支えられ、ひとりきりじゃないと知ったから。

長吉がきょろきょろとあたりを見回していた。

「どうしたんだい」

「ええ、人を探しているんです。藪入りのたびにここで会っていまして」

同じ村から奉公に出ている、十三の長吉より二、三年嵩の安次《やすじ》という男だという。

「お互いの様子を知らせ合って、じゃあまたなって別れるだけなんですけどね」

周りには、肩を叩《たた》いて懐かしがっている者たちの姿がそこここにあった。ざわめきの中にいろんなお国訛《なま》りがまじって聞こえる。奉公人たちもこうやってなぐさめ合い、励まし合い、この江戸でひとりきりじゃないんだと確かめ合っている。そんな姿に、里久はほっと胸を撫《な》でおろす。そして奉公人にとって藪入りや参詣が、単に休みや信心だけのものではないことを知る。

それからしばらく探し、待ってみても、安次は現れなかった。

「きっと別の場所にでも遊びに行ったんでしょうよ」

元気に笑った長吉だったが、寂しさは隠しきれないようだ。しょんぼりと、「帰りましょうか」なんて言う。

「もう帰っちゃうのかい。せっかくの休みなのに。そうだ、わたしね、行きたいところがあるんだ。つき合っておくれよ」

「どこなんです？」

「えへへ、それはねえ」

里久はにっと笑った。

境内を出て、舟には乗らず、そのまま柳橋《やなぎばし》を渡った先で、里久は立ちどまった。

そこは、江戸一番の盛り場の両国広小路《りょうごくひろこうじ》だ。

日ごろからにぎやかなのに、そのうえ藪入りなものだから、人出は閻魔堂の比ではない。

まさに「すさまじい」のひと言に尽きた。

「ひゃー。長吉、見てごらんよ。すごいもんだねえー」

食べ物屋が軒《のき》を連ね、広い火除《ひよ》け地には、見世物小屋や芝居小屋が所狭しと建ち並んでいる。櫓《やぐら》の上で男が軽快な音頭《おんど》で太鼓を打ち鳴らし、威勢よく呼び込みの声を張りあげる。ほかの小屋からは、どっと歓声と笑いがあがる。あちこちで物売りが口上《こうじょう》をまくしたて、笛を吹いて踊る大道芸人を見物人が囃《はや》したてている。

お祭り騒ぎとはこのことだ。

「お嬢さんの行きたいところって……」

「えー、なんだって?」

どこもかしこもにぎやかで、長吉の声が聞こえない。

「お嬢さんの行きたいところって、ここだったんですか」

長吉が耳元でわめく。

「お客さんから話を聞くたび、一度行ってみたいと思っていたんだよ」

里久もわめき返し、

「長吉、ほら行くよ」

長吉の手を取って雑踏の中へ駆けだした。

あっちの小屋では、いまにも落ちそうな軽業師《かるわざし》の綱渡りを指の間からはらはらしながら眺め、こっちの小屋では珍しい生き物に仰天し、またまた別の小屋では、ひとり芝居の忠《ちゅう》臣蔵《しんぐら》に腹を抱えて笑った。

両国橋たもとの、川沿いに並ぶ掛け茶屋に腰をおろし、冷たい麦湯で渇いた喉《のど》を潤《うるお》したときには、ふたりとも心地よい疲れに浸《ひた》っていた。

「しかしあの大きな鳥には驚きましたねえ。黄色や緑の羽にも驚きましたけど、こんにちはって挨拶《あいさつ》するんですもん。お嬢さん、やっぱりあれは人が言ってるんでしょ」

「えー、違うよ。鳥がしゃべっているんだよ。コンニチハ、コンニチハって」

長吉は、似てる似てると手を叩いて笑った。

そんな長吉を見て、里久はほっとした。閻魔堂で寂しげな顔をしていたのもそうだが、最近の長吉は元気がなかった。長吉だって親元から離れているひとりだ。だから藪入りに里帰りをすすめていたのだが、「遠いですから」と言われれば、どうすることもできない。里久にできるのは、ひとりで閻魔堂へ出かけるという長吉に、一緒に付いていってやるぐらいだ。

「ねえ、お嬢さん。あれ、手代頭《てだいがしら》さんじゃありませんかね」

長吉が茶店の床几《しょうぎ》から首を伸ばし、船着場へ下りる石段を指さした。

どこだい、と見れば、座って川風に吹かれながら舟の行き来をぼんやり眺めているのは、たしかにうちの手代頭だった。外回りを主に受け持つ手代頭は、大店の「丸藤」に似つかわしく身なりを整えている。しかし今日は、鬢付《びんつ》けで撫でていない髪が風に流れ、陽にやけた細面《ほそおもて》の顔にかかっていた。店の半纏《はんてん》を着ていないせいもあり、ぐっとくだけてみえる。

里久が長吉と一緒に石段を下りてゆくと、手代頭は驚いて立ちあがった。

「こんなところでなにしてるんです」

長吉が訊《き》くと、いや別に、と手代頭は答え、

「おまえこそ里に帰らなかったのかい。手紙がきていただろ」

と反対に長吉に訊き返した。

「遠いですから」

長吉は里久に言ったのと同じ言葉をくり返し、まだなにか言いたそうな手代頭からすっと目をそらした。いつもの里久なら「なんだい？」と訊くところだが、いかんせん腹が減っていた。昼はだいぶ過ぎている。

「ねえ、せっかくここで会えたんだ。みんなでなにか食べようよ。おあしなら大丈夫だよ。お父《と》っつぁまからおこづかいもたんまりもらってるし」

ぽんと懐《ふところ》を叩いてみせた里久だったが、手代頭は首をふった。

「いえ、これからちょっと寄るところがございまして」

長吉に早く帰るんだぞと言いおいて、手代頭はそそくさと石段を上がっていった。そのうしろ姿を見つめながら長吉が首を捻《ひね》る。

「どこへ行くっていうんでしょうね」

「詮索《せんさく》は野暮《やぼ》野暮。それよりこのいい匂《にお》いはなんだい」

さっきから川風に乗って香ばしい匂いが流れていた。こっちも匂いを追って石段を上ってゆけば、いい匂いは屋台の天ぷら屋からのものだった。

「天ぷらってまだ食べたことがないんだよ。長吉、お昼はこれにしないかい」

「お嬢さんが立ち食いだなんて。ご新造《しんぞう》さまに知れたら、わたしが叱《しか》られちまいます」

「黙ってたらばれやしないよ。ねっ、いいだろ」

そんなことを言い合っている間に、目の前ではジュウっといい音をさせて天ぷらが揚がる。胡麻油《ごまあぶら》の香ばしい匂いが鼻の奥をくすぐってくる。客のひとりが串に刺してあるきつね色の天ぷらを頬張《ほおば》った。はふはふと熱さとうまさに舌鼓《したつづみ》をうっている。

長吉の喉がごくりと鳴り、里久の腹がぐうーと鳴った。

「そこのお嬢ちゃんたち、好きなもん言っとくれ。揚げるよ。どれでもひとつ四文だ」

食べ終えた男が、今度は小鰭《こはだ》を注文した。

「じゃあ、わたしたちもこはだを」

すぐに揚げたてが大皿にのる。横の男のように、里久たちも串をつまんで天ぷらを口へ運んだ。少し厚めの衣がカリッ。次いで、小鰭の旨味《うまみ》が熱さと一緒に口いっぱいにじゅわっと広がり、油の香りが鼻へ抜けた。

「おいしいー」

里久と長吉の声が重なる。

「あたりめぇよ。江戸前のぴっちぴちだ」

またジューという音がし、だんだん高くなる。いい香りが立ちのぼる。

「ほいさ、穴子《あなご》だ」

ふたりは、「はふっ、あちっ、はふっ」と頬張る。

「長吉、かりっかりの、ふわっふわだね」

里久はそのおいしさに頬に手をあて、またまたうっとりだ。

「どうだい、海老《えび》もいっとくかい」

「うん、それも長吉の分とふたつおくれ」

「よしきた。太っ腹な姉ちゃんだ。坊主、いい姉ちゃんをもって幸せだな」

天ぷら屋の親父《おやじ》は、海老の尾を持って衣にたぷんとつけたが早いか、油にぽいと投げ入れた。途端に鍋《なべ》の中で衣が散り、細かい泡が勢いよく立つ。

「こうやると海老のやつがまっすぐ揚がるのさ」

親父は何度かひっくり返す。

「泡が大きく少なくなってきたら……よしいまだ。ほい、できた。食ってくれ」

「はふっ、はふっ、うう、今度はぷりぷりで、あまーい」

鱚《きす》に烏賊《いか》とつづけて頬張る。

「うまーい」

「長吉、来てよかっただろ」

「はい、お嬢さん」


楽しい一日を送り、また皆が新たな気持ちで奉公に励もうと迎えた翌日、しかし里久の顔に異変がおきた。いくつもの大きな赤いできものが、あっちこっちに現れたのだ。最初に気づいたのは「丸藤」の奥を一手に預かる女中の民《たみ》だった。品川から江戸に戻ってきて、ずっと朝の台所に立つ里久である。それは店に出るようになってからも変わらず、今もつづいている。だから「おはよう」と台所に入ってきた里久を見て、民はぎょっとした。

「お嬢さん、そのお顔はいったいどうなさったんです」

「えっ、顔？」

そこではじめて里久も異変に気がついた。そう言われてみれば顔がなんだか疼《うず》く。触ってみると痛かった。それになんだか胸もむかむかする。

江戸では春先から麻疹《はしか》が流行《はや》り、それに加えてこのところ悪い風邪《かぜ》まで流行っていた。あわてた民は急いで里久の母である須万《すま》を呼び、驚いた須万はすぐに長吉を医者へ走らせた。しかしやってきたかかりつけの老医師は、再び部屋で寝かされている里久を診《み》て、

「こりゃあ粉刺《にきび》じゃな」と言った。

「麻疹でも風邪でもなく、粉刺……でございますか？」

呆気《あっけ》にとられる須万と民は目を交わす。そんなふたりに医者はうなずいた。

「でもどうして急に粉刺など」

須万の視線を受けて、里久もわけがわからず布団から半身を起こして首を傾《かし》げる。

「なにか変わったものを食べなかったかね」

老医師の言葉に里久ははっとした。その様子に須万の美しい青眉がついっと上がった。

「心当たりがあるんだね。里久や、どこで、なにを食べたのだえ」

さあ言ってごらんと迫られて、里久はしぶしぶ白状した。

「そのぅ……昨日、両国広小路で屋台の天ぷらを……」

「なっ、年ごろの、それも『丸藤』の娘ともあろう者が、盛り場の屋台で天ぷらを立ち食いするなぞ」

「でもご新造さま、昨日の今日でこんなになるなんて」

民が疑問を口にする。

「里久、おまえいったいいくつ食べたんだい」

里久は「えーと」と指を折ってゆく。

「こはだに穴子に海老だろ。鱚に、そう烏賊もだろ。それと……」

里久は指を八本折った。

医者が「うほほほ」と膝《ひざ》をうって朗笑し、民もたまらずぷっと噴いた。

須万は眉間《みけん》に刻んだ皺《しわ》に指をあて、「はあぁ」とため息をついて首をふった。

廊下から「申し訳ございません」と震えた声がした。民が障子を開けると、心配で控えていたのだろう、長吉が青い顔で廊下に手をついて頭を下げていた。

「わたしもご一緒していたのです。申し訳ございません」

長吉はさらに額を廊下に擦《こす》りつけて謝る。

「おっ母《か》さま、長吉のせいじゃないんだよ。わたしが無理やり誘ったんだ」

「そんなことわかっていますよ。長吉がおまえをそんなところへ連れ回すものかえ」

「いえ、いい匂いにわたしもついつい」

「まあまあまあまあ」

と老医師が話に割って入った。

「痩《や》せ細って寝込んでいた時分を思うと、粉刺《にきび》のひとつやふたつ。大いに結構結構」

またうほほほと笑う。粉刺はひとつやふたつどころではないのだが、須万もそのときのことを思い出したようで、里久をしみじみ眺めて眉間の皺を浅くした。

それからすぐに、里久の粉刺の治療がはじまった。

民が医者の家からもらってきた薬を教えられたとおりに煎《せん》じ、その湯で里久は顔を洗った。馬歯莧《すべりひゆ》という薬草で、毒を消す作用があり、粉刺の炎症に効くのだという。しかしもうひとつ処方された薬を、里久は嫌がった。密陀僧《みつだそう》という粉の薬で、馬歯莧と同じような効能があるのだが、これを母乳で溶いて塗り薬にするのだ。

「なんで人の乳を顔に塗らなきゃいけないんだよぅ」

「人の乳ではありません。もう薬です」

お民が向かいの若嫁に無理を言ってもらってきてくれたんだよと、須万は溶いた薬に筆をつけながら里久を叱る。けれどどうして母乳で溶くのかと訊《たず》ねても、それは須万にもわからないらしく、ほらこっちに顔をお向け、と有無を言わさず里久の顔に薬を塗っていった。おでこにひとつ、両の頬にふたつずつ。右の小鼻にひとつ。そして顎《あご》に大きいのがふたつ。

里久は筆の感触を感じながら、須万の手にする皿を見つめ、深いため息をついた。

「おっ母さま、わたしだって自業自得だっていうのはわかってるよ。けど……」

密陀僧は赤い顔料としても使われている。そのため、

「ほら塗れたよ」

渡された合わせ鏡をおずおずと覗《のぞ》いてみれば、里久の顔は大きな赤い丸だらけだった。

「これを今日から三日つづけるんだよ」

「三日も……」

里久は鏡に向かってまたため息をついた。

「わっははは」

内所《ないしょ》で父藤兵衛《とうべえ》の大きな笑い声が弾《はじ》けた。朝の膳《ぜん》に座った藤兵衛は、どうしたんだい、とそのわけを聞いてまた笑った。

「おまえさまったら、笑いごとではありませんよ。いい年の娘が屋台のそれも立ち食いなぞ。ちょっとは里久に意見してやってくださいな」

「そうよ、妹として恥ずか……」

桃の後の言葉が途切れた。万が一を考えて部屋に来るなと言われていた桃も、姉が病でなかったことにほっとはしたものの、里久の顔を見たらおかしさが込みあげてきたようだ。

頬をほんのり赤く染め、笑いをこらえるのに往生している桃を、相変わらずきれいだな、と里久は見惚《みと》れる。

里久にとって桃は伊勢町小町《こまち》の白慢の妹だ。浜育ちで肌の浅黒い里久とは違い、色白でおしとやかで、里久がすぐに逃げだしたお茶やお花、三味線《しゃみせん》の稽古《けいこ》までそつなくこなす。化粧や小間物の豊富な知識にどれだけ助けられていることか。眉化粧の刷り物も、肩掛けも、つやつや白粉《おしろい》も、桃がいないとできなかった。白粉の塗り方も桃から教わり、はじめての紅《べに》をさしてくれたのも桃だった。

「里久、天ぷらはそんなにおいしかったかい」

藤兵衛はまだ笑っている。

「なんでもほどほどってもんがあるって知ったよ。今日は胸やけがしてしかたがない」

民がつくってくれた粥《かゆ》をすすり、添えられた赤い梅干しに口をすぼめると、藤兵衛だけでなく、須万も桃も「ぷっ」と噴いた。

こんな顔では当分店には出られず、治るまで休む旨《むね》を奉公人に伝えにいくと、番頭や手代は呆《あき》れるやら笑いを嚙《か》み殺すやら。手代頭は長吉を小突き、長吉は小さく肩をすぼめている。ちょうど店にやってきた「丸藤」抱えの鏡磨きの彦作《ひこさく》は、里久の顔を見て目を剝《む》いたが、「そりゃあかわいそうにのう」となぐさめてくれた。

病気でもないのだからと朝餉《あさげ》の片づけを手伝ったが、それが終わると、中庭の水鉢《みずばち》の金魚をぼんやりと眺めるぐらいしかすることはなかった。そんな里久を見て、須万はお稽古をしたらどうかと提案してきた。

「こんなときでもないと、おまえはじっと奥にいないだろ。日ごろは店か、そうでなければすぐにどっか行ってしまうし」

須万が言うように、いままで稽古のたびに逃げていた里久である。しかしいまは、逃げたくともこの顔じゃあどこにも行けない。

「わかったよ、おっ母さま」

里久は観念した。

母の須万ははりきった。この日から朝は奥座敷に花を活《い》け、それが終われば茶の稽古。そして昼からは縫い物だ。

「ほらほら、力まかせに突っ込まないの。水盤《すいばん》にそっと添えるように」

苦手なことばかりでどうなることかと思ったが、一日目の百日紅《さるすべり》も、二日目の山百合《やまゆり》も、須万の手がちょっと入るだけで見違えるほど美しくなることに、里久は小さな驚きを覚えた。その花々を眺めながら須万と味わう薄茶《うすちゃ》は、思ったほど不味《まず》くはなく、母とこうして静かに過ごす刻《とき》も楽しいと思えた。

「そうかえ、楽しいかえ。そりゃあよかった」

里久が足を崩しても、前のようにあまりうるさく言わない須万は、「おいしいねぇ」とうれしそうに目を細めた。

「ねえ……里久や」

と、須万が迷いながら娘の名を呼んだのは、里久が薬を塗りはじめてから三日目の、いまにも雨が降りだしそうな昼下がりだった。

里久は縫いやすいように布地を引っ張る道具の扱いに四苦八苦していた。

細い棒の先に針を使って布地を引っかける。棒のもう一方の先には釣鉤《つりばり》がついていて、それを畳に刺して固定させ、手許の布を引くと、ぴんと布地が張り、縫いやすいのだ。だが釣鉤はすぐ畳から抜けてしまう。何度もぐっと力まかせに刺していたら畳に深い穴があき、あわてて爪で直しているところへ須万の声だった。

「な、なんだい、おっ母さま」

里久はいそいで縫っていた寝巻きの浴衣《ゆかた》で穴を隠した。

「おまえ、品川のおっ母さんの初盆に行かなくて、本当によかったのかい」

と須万は言った。

墓参りに出かけるからと父の藤兵衛に誘われたとき、首を横にふった里久だった。

「本当は一緒に行きたかったんじゃないのかい。わたしに遠慮して……」

里久は目をみはった。須万がそんなふうに考えていたとは思いもよらなかった。

いつもきりきりしゃんと大店の奥を仕切っている須万が、申し訳なさそうに里久を見つめてくる。美しい青眉。色白で桃とよく似た瞳《ひとみ》が、気の強さとはうらはらに揺れていた。

「違うんだよ、おっ母さま。遠慮なんてしてない」

初盆に品川へ帰らず、墓参りもしない親不孝と思うと泣けてはくるが、正直まだ品川に行くのは不安だった。あの懐かしい場所に浸るのも、おっ母さんのいない浜を歩くのも墓に参るのも、まだつらすぎる。だからここから手を合わせようと里久は決めたのだ。

「おっ母さんならわかってくれる。きっとおっ母さんのことだもの、ここに来て、わたしの様子を見てくれているよ」

里久は須万に向かって、にっこり笑った。

「そうだねえ」

須万は懐から懐紙《かいし》を取り出して、里久の額に浮いた汗をそっとふいた。

床の間には朝に活けた八重咲きの淡紫の木槿《むくげ》が、もうしぼみはじめていた。一日花といわれるゆえんだ。開けっ放しの障子から庭に目をやれば、楓《かえで》の木で蟬《せみ》が鳴き、飛び石の上を茶色いとかげが横切っていく。

むっとした風が吹き、蟬の声がぴたりとやんだ。雷が遠くでごろごろと鳴り、飛び石にぴちっと水が跳ね、黒く丸い点をつくったかと思ったら、どっと雨が降りだした。

「ひゃあー、お嬢さん早く早く」

「やだ、濡《ぬ》れちゃったわ」

桃と民のあわてた声が台所のほうから聞こえてきた。どうやらお茶の稽古から戻ってきたようだ。

「桃、おかえりー」

里久は畳を這《は》い、廊下に首を出して台所のほうへ声を張りあげた。

「いやだ、なんだいこの畳の穴は。これ里久っ」

いつもの須万の小言が座敷に響いた。

医者に言われたとおり朝と晩に顔を洗い、薬を塗っての三日間が過ぎた。

そして七月も二十日になった四日目の朝。朝餉《あさげ》の片づけが終わった台所の板間で、塗り薬を洗い流した里久の顔を、須万と桃と民が食い入るように見つめた。

里久も鏡の中の自分の顔をしげしげと見る。

「だいぶよくなった……よね」

粉刺《にきび》もどうにか落ち着いてきたようだった。しかしすっかり治ったというわけではなく、膿《うみ》はなくなったが、まだ赤みが残っていて、熱も少しもっている。

「これからどうしたらいいんだろうねぇ。跡に残らないようにしないと」

須万が心配げに言い、そうでございますねぇ、と民もうなずいた。

「おっ母さま、洗《あら》い粉《こ》はどうかしら」

桃が言うと、民が「それはようございます」と、ぽん、と手を叩いた。

「洗い粉って、鶯《うぐいす》の糞《ふん》のかい？」

「丸藤」でも扱う品物のひとつだった。大店の内儀《ないぎ》や若い娘がありがたがって買い求めてゆく。しかしやっと乳が終わったと思ったら今度は鳥の糞かと里久は眉をひそめた。そんな里久に女三人は苦笑する。

「鶯の糞はたいしたもんなんだよ。肌を白くするんだから」

須万も使っていると言って、しみひとつない白い頰を指先で撫でた。

「でもわたしが言ってる洗い粉はそれとは違って、いい香りのするほうのよ」

桃が教える。里久は、ああ、と合点《がてん》した。

「おっ母さまと似た香りのする、白檀《びゃくだん》が入ってるほうのだね」

季節が暑くなりはじめてから、この洗い粉がよく売れていた。

須万はそうそうとうなずき、民が「まあよくご存じですね」と驚いているところへ藤兵衛が顔を出した。

「出かけるよ。仕度《したく》を手伝っておくれ」

「おや、そうでしたね」

でも里久が、と腰を上げそびれている須万に、

「おっ母さま、後はわたしにまかせて」

桃が頼もしげに言った。

民が盥《たらい》に熱い湯を注《そそ》ぎ、桃が水を足してぬるま湯にした。店からもらってきた洗い粉の袋を開けて、さじで絹の小袋に入れる。

「洗い粉がよく売れるのは、汗の匂いをいい香りで消すためだと思っていたよ」

粉刺《にきび》にも効くとは知らなかったと、里久は小袋に視線を注いだ。

「汗の匂いを消すばかりではないのよ」

桃は湯の中に小袋をひたし、揉《も》みほぐす。湯が少し泡立ち、白く濁《にご》ってきた。湯を掻きまぜると立ちのぼる湯気とともに、いい香りも台所に漂う。

「この中には姉さんが言ったように、白檀や、そのほかにもいろんな生薬《しょうやく》が粉になって入

っているの。香りはもちろんのこと、肌を守ってくれるのよ。それになによりも顔の脂《あぶら》をよくとってくれるの。色を白くして、肌理《きめ》も整える。だから化粧をする前にこの洗い粉で顔を洗うひとが多いのよ」

「汗をかく夏場によく売れるはずだね」

「うちの洗い粉が売れるのはそれだけじゃないのよ」

と桃は盥の中の手を上げた。指先から滴《したた》る湯は、とろりとろみを帯びている。

「葛粉《くずこ》を入れてあるのよ。こうすると、姉さんのように肌を傷めた人でも優しく洗えるわ」

洗うときはぬるま湯で、と桃は言う。

「熱いお湯だと顔に皺ができるから」

えっと民が自分の顔に両手をあてた。湯屋《ゆや》のめっぽう熱い湯で思いっきり洗っていましたよと、しおしお言う。

「相変わらず桃はなんでもよく知ってるねえ」

つくづく感心する里久と民に、桃は照れくさそうだ。

「ほらいいから、洗ってみて。やさしくよ。布で洗うときはゆっくり回すように」

桃にうながされ、里久はそっと顔を洗う。とろみのある湯にもいい香りが移り、肌あたりもやさしい。桃に教えられたように袋で顔を撫でると、絹と葛のとろみが相まって、つるつると気持ちがいい。民が差し出した手拭いでふいたあとは、すっきりさっぱりだ。

「うん、いい具合だねえ。わたしずっとこれで洗うよ」

だがそう言った里久に桃は「だめよ」と言う。こればかり使っていては、今度は肌がつっぱってきてしまうらしい。

「なんでもほどほどがいいって、わかったんじゃなかったの」

こりゃあ一本取られましたねぇ、と言った民だったが、

「じゃあどうするんです」

と桃に訊いた。

「どうもしないわ。普通のことをするまでよ」

桃はいつものように笑った。

その日の昼下がりである。

里久と桃は部屋で糠袋《ぬかぶくろ》つくりをはじめた。

長吉も手伝うと言ってやってきた。須万はもう少しで浴衣が縫いあがるのにと残念がったが、糠袋をつくるならいるだろうと、地のよいさらし木綿を出してくれた。桃と里久は糠を入れる袋をちくちくと縫い、長吉は庭に面した廊下縁で糠を絹の篩《ふるい》にかけている。

「糠は糯《もちごめ》がいいのよ。長吉、ていねいにね。小米《こごめ》が入ったら、肌を傷めるもとになるか

ら」

桃の指示に長吉は、「へい」とよい返事をする。里久は不器用な手つきで針を動かす。手のひらほどの大きさの糠袋を縫いあげると「これでいいかい」と桃に見せる。桃が袋を手に取り、縫い目を確認する。

「いいわ」とうなずいた桃は、傍《かたわ》らのさじを取り、長吉が篩にかけ、盆に小山になっている糠をすくって袋に詰めた。

「糠は顔の脂をとってくれるけど、糠にも脂があるおかげで肌をつっぱらせないの。だから糠袋で毎日顔や体を洗っても平気なのよ。けど使い終わったらその始末が肝心よ。表と裏の縫い目に滓《かす》が残らないように洗わなくっちゃだめ。少しでも滓が残っていると厭《いや》な臭《にお》いもしてくるし、糠を替えて洗っても肌を守るどころか、できものができちゃうのよ」

だからきれいな袋はいくつあってもいいのよと、桃は新たな布を里久に渡した。

里久はまたちくちくと縫っていく。

おいでなさいませ、という手代の声がかすかにここまで聞こえてくる。

「お店のほうはいいのかい」

里久は長吉に訊いた。

「ええ、番頭さんに許しはもらってありますから。昼のいちばん暑い盛りはお客さまも少ないですからね」

額から汗を流して篩を使う長吉は、それに、と言って手をとめた。

「里久お嬢さんの粉刺《にきび》はわたしのせいでもありますから。両国広小路も天ぷらも、わたしを元気づけようとしてくれてのことです」

長吉は、でしょ、と上目づかいで里久を見る。

「あら、天ぷらの食べすぎは、単に姉さんの食い意地が張ってただけよ。だから長吉は気にしなくていいのよ」

「あー、ひどいよ桃ぉ。まあ、そのとおりなんだけどね」

三人は笑い合った。

「で、長吉はどうして藪入りの日に元気がなかったの」

桃が里久と長吉を交互に見た。

「どうしてって……」

針に新しい糸を通そうとしていた里久は、ふと、手代頭の言葉を思い出した。

「そういえば長吉、里から手紙が来てたって言ってたけど、元気がなかったのはそのせいだったのかい」

なにか悪い報《しら》せがあり、帰るに帰れず悩んでいたのであれば、あのとき気づいてやれずにすまないことをした。

「それならそうと」

暗い顔をした里久に、長吉はいえいえと手をふった。

「家を継いだいちばん上の兄に子が生まれたと報せてきたんです」

めでたい報せだったことに里久と桃はほっとした。

「でもそれならなおさら里に帰って赤ん坊の顔が見たかっただろうに」

元気がなかったのは、やっぱり帰りたかったからだろうと里久は思う。

「だったら帰ればよかったじゃない」

桃がなにを言っているのだという顔をする。

「そんなこと言ったって遠いんだよ」

「あら、遠いといっても、長吉の里はたしか……雑司ヶ谷《ぞうしがや》でしょ」

「雑司ヶ谷？」

それがどこか知らない里久に、桃は近郊の村だと教える。

「護国寺《ごこくじ》や鬼子母神堂《きしもじんどう》があって、江戸からもお参りに行く人が多いの」

芒《すすき》のみみずくの細工物が人気なのよ、と桃は土産物《みやげもの》にもくわしい。

「そうねぇ、長吉の足でなら二刻（四時間）もかからないんじゃないかしら」

「ええっ、そんなに近いのかい」

里久は廊下の長吉に振り返る。

「だったらどうして」

藪入りの日に帰らなかったんだいと訊ねる里久に、長吉はただ下を向いて一心に糠をふるっていた。

それから二日。糠袋で洗いはじめてから顔はつっぱることもなく、粉刺《にきび》もほとんどわからないぐらいに治ってきていた。

里久はこの日から店に出ることになった。久しぶりの振袖の苦しさも懐かしく、うれしいとさえ思える。

店は結局五日も休んでしまった。そのことを番頭に謝ると、番頭は「もう食べすぎないでくださいよ」と渋い顔で里久にお灸《きゅう》を据え、それでもひとついいことがありましたと、里久が活けた小座敷の花を褒《ほ》めた。

床柱《とこばしら》にかけられた花籠《はなかご》には、夕顔が飾られていた。濃い緑の葉に、うっすらと翡翠色《ひすいいろ》を帯びたつぼみ。蔓《つる》が柱をつたうように下へとのびている。

「ご新造さまに手ほどきをお受けになったので？」

わかるかい、と言う里久に、わかりますとも、と番頭は大きくうなずいた。

ここへ帰ってきたばかりの母と娘のぎくしゃくした関係を知っているものだから、よい刻《とき》を過ごされましたと、ほろりとしている。

ほかの奉公人たちも「前よりちょっときれいになったんじゃありません？」と、里久をからかいながらも、温かく迎えてくれた。彦作は「よかったのぅ、お嬢さん」と洟《はな》をすすりあげている。

「おや、里久ちゃん。もういいのかい」

鏡を磨いてもらおうとやってきた町屋のおかみさんが、久しぶりに店にいる里久に気づき、わけ知り顔で声をかけてきた。

「大変だったそうじゃないかえ」

「そうなんだよぉ」

大きな相槌《あいづち》をうった途端に、番頭に低くたしなめられた。

「店前でございますよ」

そうだった――里久はつっと三つ指をつき、

「ようおいでくださいました」

番頭仕込みの挨拶をした。

「聞いてくださいな」

と刺粉の一件を披露《ひろう》し、洗顔の大切さを思い知ったと熱弁した。

「もちろん、最初は薬で治しました。ええ、あの赤い薬。でも薬が効いた後の手入れがまた大事なんですよ」

里久は洗い粉と糠袋《ぬかぶくろ》で洗ったのだと話し、「ほら、このとおり」ときれいに治った頬を軽く突いた。桃が教えてくれたんですよとひと言添えれば、おかみさんは「ひとつもらおうかしらねえ」と洗い粉を手にし、糠は糯《もちごめ》で、絹布《けんぷ》でふるったものだと言うと、「じゃあそれもひとつ」と糠袋も欲しがった。

「えっ、売り物じゃないって。残念だねぇ。そりゃあ、糠袋なんて自分で拵《こしら》えるものだけど、ここのみたいに凝《こ》ったものはつくれないもの」

それからも里久の粉刺の話を聞いて、糠袋を欲しがる客が相次いだ。

「申し訳ございません」

しまいには番頭も頭を下げる始末だ。

残念そうに帰っていく客を見送って、里久は番頭と顔を見合わせた。

「ねえ番頭さん、これは売り物になるよ」

しかし番頭は渋った。

「この『丸藤』で糠を売るなぞ」

「糠じゃないよ、糠袋だよ。ていねいにつくってあるし、袋だって上等の布だよ」

「しかし……」

格を重んじる番頭の気持ちもわかる。でも欲しいと言ってくれる客がいるのだ。

商う品にはできないというのなら……。

「そうだ、洗い粉にひとつ付けるというのはどうだい。それならお客にも喜んでもらえるし、洗い粉だっていまよりもきっと売れるよ」

「なるほど」

ぽん、と番頭が膝をうったときだった。店の長暖簾《ながのれん》が揺れ、「おいでなさいましぃ」と手代の客を迎える声がした。しかし「なにをご入り用で」と後につづくはずの声がしない。

里久は番頭から店内に目を戻した。すると店土間にひとりの男が立っていた。尻っ端折《しりぱしょ》りした着物の下に腹掛けをし、股引《ももひ》きをはいた足元は草鞋《わらじ》で、まるで馬方《うまかた》のような形《なり》だった。

客の大半を大店や武家の内儀で占める「丸藤」にも、ときどきは近くのお店や伊勢町堀で働く奉公人や船頭たちが、田舎《いなか》に帰る際の土産にと買い求めにやってくる。が、それにしても「丸藤」には不釣り合いな男だった。

男は頬かぶりを取り、珍しそうにきょろきょろと店内を見回し、居合わせた客たちをじろじろと見入った。

その男がこちらへ向くや、「よう」と片手を上げた。

「長吉ぃ、久しぶりだな、おい。おめぇ、しばらく見ねえうちにでっかくなったなあ」

里久がうしろを振り返ると、店の隅《すみ》で紅猪口《べにちょく》に紅を塗っていたはずの長吉が、ぎょっとした顔で棒立ちになっていた。

「おじさん」

長吉はよろめきながら里久のそばまでやってきた。

「知り合いかい」

訊ねた里久に、まだ信じられないという顔で、

「同じ村の友造《ともぞう》さんです」

と答えた。

友造は番頭に「長吉がいつも世話んなって」とぺこぺこ頭を下げ、迎えた里久がここの娘だと知って、「へぇーこりゃあまあ」とまた盛大に頭を下げた。

友造は、すすめられるままに店座敷の縁に腰をおろし、昨日村から出てきて、今日帰るのだと告げ、なにか土産をと考えたところで、そういや長吉が小間物屋で奉公していたと思い出し、「丸藤」を探してやってきたのだと大声で話した。

「しかし、えれえ立派なお店に奉公していたもんだな。おら、びっくりだ」

友造は「丸藤」のひと目で裕福とわかる客や、手にしている豪華な品々に心底感心し、振る舞い茶を運んできた長吉に、

「それにしても大きくなったもんだ」

と改めて驚いてみせた。

「おじさん、声が大きいですよ」

長吉は田舎者丸出しの友造を恥ずかしがり、

「それに土産といってもここの品はみんな上等で……」

せっかく来てくれた友造に、買える品があるだろうかと心配した。

「大丈夫だぁ。銭子《ぜにこ》ならある。馬が思いのほかいい値で売れてな」

友造はかかかっと明るく笑い、「心配するでねぇ」と懐を叩いた。

「お嬢さん、おらの娘っ子に簪《かんざし》を買ってやりてぇんだども」

「おまかせくださいまし」

里久も負けじと胸をぽんと叩き、にっと笑った。

里久とあれこれ相談し、色とりどりの花簪を選んだ友造は、金を払うと満足そうに茶を飲み、そういや知ってるか、と長吉に安次が村へ帰ってきたことを告げた。

「おめぇと一緒に江戸さ奉公に出たろ」

里久が、閻魔堂で探していたひとかい？　と問えば、長吉はこくりとうなずいた。

「どうやら江戸に馴染《なじ》めなかったようでな」

いまは地主さまのところで働いていると、友造は長吉に教えた。

「おめぇはこうやって奉公をつづけて、えれぇもんだ。けんどよ、たまには家さ帰ってやれ。ほれ、兄《あに》さのとこにも子が生まれたろ」

それによ、と友造は、いままでにこにこして話していた顔を少し曇《くも》らせた。

「このごろおめぇのおっ母《かあ》も元気がねぇしよ」

「えっ、元気がないって……どっか具合でも」

「いんやいんや」

友造は簪を入れた桐箱《きりばこ》を懐にしまい、手をふった。

「そうじゃねえ。なんていうか、めっきり年寄りじみてきたっていうか。まあ孫ができたんだ。婆《ばあ》さんには違いねえんだけどよ」

友造はまたかかかっと朗《ほが》らかに笑い、「とにかく顔を見せてやれ」と言い残して村へと帰っていった。

見送りから戻ってきた長吉は、それからぼうっとすることが多くなった。夕餉《ゆうげ》の席では早く食べろと民にせっつかれ、夜の手習いでも手代頭に聞いているのかと叱られていた。翌日になってもぼんやりはつづき、取ってこいと言われた品物を間違えたり、長吉、と呼ばれても気づかなかったり。そして次の日にはとうとう客に振る舞い茶をこぼしてしまったのだった。

「長吉、大丈夫かい」

伊勢町堀に架《か》かる中之橋《なかのはし》に長吉を見つけ、里久は駆け寄って声をかけた。

長吉は番頭から拳骨《げんこつ》を喰《く》らった頭に手をあて泣いていた。

「おっ母さんのことが気になってしょうがないんだろ。ねえ長吉、おっ母さんに会いに帰っておいでよ」

長吉は涙をお仕着せの袖でぐいっとふき、首を横へふった。

「どうしてさ」

「帰ったところでおっ母は……」

「おっ母は、なんだい」

長吉はもう一度「おっ母は」と言って、堀に行き交う艀舟《はしけぶね》を見つめながら話しだした。

長吉の家は百姓で、長吉の母親のよねも、長吉が物心ついたときから、朝から陽が落ちるまで父親と一緒に土にまみれ、田畑を耕していた。顔は陽にやけ、手は男のようにごつごつとしており、身なりをかまったりなどしない。

「ここへ奉公にきて、ご新造さんや桃お嬢さん、お客さまを目にして、同じ女子《おなご》かと驚いたものです」

暖簾《のれん》をくぐる客は誰もが美しかった。

「田舎の百姓の女と比べるほうがおかしい。わかっています。それでもほかの百姓の女たちは、祭りの日ぐらいは一張羅《いっちょうら》を着て、紅をさしていました」

母親のそんな姿は一度だって見たことはなかった。ただただ田畑大事と働くばかり。

こんな母親だから、長吉も百姓になるものだと当然のように思い込んでいたし、望んでもいた。三人兄弟の長男は家を継ぎ、次男は大きな百姓家の手伝いをして暮らしている。

次男がそうなのだ。平百姓《ひらびゃくしょう》といっても三男の長吉に分け与えられる土地はなく、百姓になるならどこかの小作になるしかなかった。

「そういう自分の姿を想像するのは、そんなに難しいことではありませんでした」

いや、むしろ容易《たやす》かった。そんな者など、まわりにはあふれていた。

「だから自分もそうなるもんだと思っていました」

しかし長吉は、別の生きかたがあると知った。

ある日、川で鋤《すき》を洗っている長吉に、近所の百姓の倅《せがれ》の安次が話しかけてきた。

「おらぁ、江戸の炭屋に奉公に行くことが決まったんだ」

川の土手にしゃがんだ安次は、草をむしっては宙に投げていた。

「どうしてそういう話になったんだ」

安次は鬼子母神堂の門前にある、料理茶屋の女将《おかみ》の紹介だと教えてくれた。この女将には、板前を紹介してもらったり、反対に村の若者を紹介したりと、懇意《こんい》にしている口入れ屋《くちいれや》があるのだという。

「なあ、おいらもその女将さんに会わせておくれよ」

と、言葉が長吉の口から突いて出た。

「おめぇも江戸で奉公がしてえのか」

今の今まで思ってもみなかったことなのに、長吉はうなずいた。

「ふーん。おめぇと江戸へ行くなら悪くねえかもな」

安次は「よしわかった」と言った。もしかしたらひとりで江戸へ奉公に行くのが不安だったのかもしれない。

「うちのおっ母には内緒で」

長吉はとっさにそんなことも安次に頼んだ。

「ああ、わかった」

そしてあまり間をおかず、長吉は料理茶屋の女将に会うことができ、奉公先を紹介してもらう約束を取りつけた。しかしこのことは、すぐに母親のよねの知るところとなった。

鬼子母神堂の門前を青菜を担《にな》ってよねと歩いていたら、客の見送りに出ていた女将とばったり鉢合わせしたのだ。

「あんなべったり化粧して、おお嫌だ」

長吉が奉公話を内緒にしていることも、日ごろからよねにそう言われていることも知らず、長吉に気づいた女将は、「おや、ちょうどいいところで」と長吉親子を呼びとめた。

「このまえ頼まれた奉公先のことだけどねぇ。江戸の小間物商が小僧をひとり探してるっていうんだよ。うちの口利きなら信用できるからって、口入れ屋のほうはすぐにでもあちらさんに紹介したいって言ってるんだけど、話をすすめていいね。あたしも知ってる、そりゃあ立派な大店だよ」

女将の「あんたの息子は運がいいよ」という声と、よねの「奉公ってどういうことだい」という声が重なった。

女将はぎょっとして長吉を見る。長吉は黙ってうつむくしかなかった。

「そういうことかい」

よねは長吉を押し退《の》け、女将に食ってかかった。

「村の若い者を誑《たぶら》かしていると聞いてはいたが、今度は年端《としは》もいかないうちの子を誑かそうっていう魂胆《こんたん》だね」

「なんも、そんな。あたしゃてっきり」

「違うんだよ、おっ母」

長吉は前をふさぐよねの大きな尻を叩《たた》いたが、反対に黙っていろと手を叩《は》たかれた。

「ふん、江戸の大店なんぞと甘いこと言って。それも小間物屋だと」

「小間物商ですよ」

「どっちでも同じだ。ちゃらちゃら身を飾るもんを売る人間なぞ、ろくなもんでねえ。子どものことは親がちゃあんと考えとる。もう、うちの長吉にへんな話を吹き込まないどくれ」

引きずられながらの帰り道、長吉は働き口を探してくれと頼んだのはおいらなんだとよねに話し、奉公に出たいんだとはじめて告げた。

「おめぇは騙《だま》されているんだ」

「違う」

「江戸だ大店だと言われ、のぼせているんだ」

「違う」

「おめぇは奉公に出たいなぞ、いままで一度だって言わなかったでねぇか。いいか長吉、奉公はそんな甘いもんでねぇ。そもそもおめぇはまだ十一だ。焦らずとも、おめぇのことはちゃあんと親のわしらが考えとる」

「……どう考えてるんだよ。どっかの小作になるのか。地主さんとこで下働きすんのか？ほかになにがある。おっ母はまだ十一だって言ったな。そうだ、まだ十一だ。なのにおいらの先はもう決まってる」

翌日、長吉は女将に土下座した。

「さんざんな言われようだよ。あれじゃあまるでこっちは人買いじゃないか」

女将は昨日のうっぷんを晴らすように声を荒らげたが、料理茶屋の広い台所の土間で頭を下げつづける長吉に、お立ちよ、とやさしく言って、ため息をついた。

「おまえのおっ母さんの気持ちは、あたしもわからないでもないんだよ。奉公はやっぱりまだ早くないかえ」

長吉は土下座したまま「早くねぇ」とわめいた。

「別の道があるって知ったんだ。おいら、その道を見てみてえ。もたもたしてたら……」

父親と兄は「まあ、ひとりぐれえ百姓じゃねえ者がいてもよぉ」と賛成してくれた。

「だからこの話をすすめてくれ。このとおりだ」

後日、父親が改めて女将に頼みます、と頭を下げ、兄とふたりがかりでよねを説得してくれた。が、よねはひと言も話さず黙ったっきり。長吉が江戸へ発《た》つ日になっても、部屋に閉じこもったまま見送りにも出てこなかった。

「そんな母親です。いまさら帰ったところで口もきいてくれないですよ」

でもね、と里久は艀舟を目で追いながら言った。

「やっぱり一度里へ帰ったほうがいいよ」

「けどお嬢さん」

「ねえ長吉、親はいつまでもいてくれないんだよ」

きらめく川面《かわも》に育ての親、品川のおっ母さんの姿が浮かんだ。懐かしいほほ笑みをたたえたおっ母さんは、だがすぐに舟の櫂《かい》に消されてしまった。

里久は長吉に目を戻す。長吉ははっとした顔で里久を見つめていた。その目にはいまはじめて気づいたような驚きと寂しさと、そして戦《おのの》きが入りまじっていた。

「でも」

長吉は震える声で欄干《らんかん》を摑《つか》む。

「藪入りは終わりました」

年に二度しかない奉公人の休日の藪入り。次の藪入りは正月だった。

それ以外に奉公人がもらえる休みは、慶弔《けいちょう》ぐらいだ。しかし、

「大丈夫。わたしにまかせといて」

里久は橋から踵《きびす》を返すと、「丸藤」へずんずん歩きだした。

第二章　里帰り

「お父《と》っつぁま、このとおりです」

里久はあるじ部屋の藤兵衛に深々と頭を下げ、長吉に休みをやってくれと頼んだ。

廊下には長吉がぎゅっと身を縮め控えている。

部屋には須万もいて、寄り合いに出かける藤兵衛の着替えを手伝っていた。

「藪入《やぶい》りでもないのに、ほかの奉公人に示しがつかないのでは」

須万は藤兵衛のうしろに回り、薄物の羽織を着せながら難色を示す。

「聞いておくれよ」

里久は長吉が「丸藤」に奉公にあがるまでの経緯《ゆくたて》を話し、これまでずっと帰りたくても帰れなかったことや、同じ村のおじさんからおっ母《か》さんの様子を聞いて、心配でしかたがないことを藤兵衛と須万に伝えた。

「だからお願いだよ。お願いします」

里久は藤兵衛に頭を下げて頼みこんだ。

「わかった」

藤兵衛はあっさりと長吉の休みを認めた。早いほうがいいだろうと暦《こよみ》を見て、日もよいからと二日後の二十六日に決めた。

「二年もの間、まじめに勤めてきた長吉へ、わたしからの褒美《ほうび》の休みだ」

藤兵衛の言葉に、須万もそれならと納得する。なにを土産《みやげ》に持たせてやろうかと、もう思案顔だ。

「ありがとう、お父っつぁま」

「礼なら番頭さんに言いなさい」

藤兵衛は羽織の紐《ひも》を結びながら里久に言った。

「おまえがここへ来る前に番頭さんが来て、長吉に休みをと頭を下げたんだよ」

理由《わけ》もそれなりに聞いていたという。

里久は廊下の長吉を見た。

呆然《ぼうぜん》としている長吉の顔が、みるみる真っ赤になってゆく。

「長吉、おっ母さんとよくよく話してくるんだよ」

慈愛溢《あふ》れる藤兵衛の言葉に、長吉は「へいっ」と返事をし、あとは泣くまいと必死にこらえるばかりだ。そんな長吉にやさしい眼差《まなざ》しを送っていた藤兵衛だったが、ところで里久、と目を里久へ戻した。

「おまえ、洗《あら》い粉《こ》に糠袋《ぬかぶくろ》をつけて売ってみようと言ったんだってな」

番頭は当初その伺いをたてにやってきたのだと藤兵衛は言い、

「いい思いつきだとわたしも思いますよ。やってごらん」

番頭にもすでに了解済みだと話した。

「だがそうなると数がいる。すぐに糠袋つくりに取りかからないといけないのに、おまえの姿が見えないって、困っていたよ」

そうですよと須万も言う。

「桃が、言いだしっぺの姉さんはどこへ行ったのって怒りながら、大急ぎで袋を縫っていますよ」

「わーたいへん」

里久はあわてて部屋を飛び出した。

「これ里久、お行儀の悪い」

「ごめんなさい、おっ母さま」

叫びながら廊下を走る。

「わたしもお手伝いいたします」

長吉が後につづく。

廊下の足音が遠のくのを聞きながら、須万はため息をもらした。その横で藤兵衛がくつくつ笑う。

「おまえさま、笑いごとではありません」

しかし須万も「あのあわてようったら」と、ぷっと噴き出した。

最初はぷんぷん怒っていた桃だったが、長吉が休みをもらい里へ帰ると聞いて、それはよかったと、皆が見惚《みと》れる伊勢町小町《こまち》の美しい微笑《ほほえみ》を長吉に向けた。

「それでいつになったの」

「あさってだよ」

と答えた里久は、針を動かす手をとめた。須万の思案顔を思い出す。

「長吉、土産になにか欲しいものはないかい？」

廊下で一心に糠をふるっている長吉に訊《き》いた。

「滅相《めっそう》もない。休みをいただけるだけで十分です」

長吉は恐縮するばかりだ。

「遠慮せずに言ってごらんよ」

「そうよ、はじめての里帰りなんですもの」

「ほらほらなにがいい？」

「なんでもいいのよ」

里久と桃がさんざん言った末にやっと、「では……」と長吉はおずおず答えた。

「この糠を少しいただきたいのですが」

「これをかい？」

長吉の膝《ひざ》の前には、盆に細かくふるった糠がうずたかく山になっていた。

「そりゃあ糯《もちごめ》の上等な糠だよ。絹布《けんぷ》でふるってもいる。でももっとほかにないのかい？いくらなんでも糠って……ねえ、桃」

「ええ」

桃も戸惑っている。

しかし長吉は「これがいいんです」と言った。

「おっ母《かあ》にもこんなきれいな糠で顔を洗わせてやりたいんです。それに、わたしが手伝ったものを渡してやりたい」

もし浜のおっ母さんが生きていたら、と里久は考える。きっと自分も同じことを思うだろう。しかしそれならいっそのこと……。

「うん、わかったよ。でも、だったらぜんぶ長吉がつくってごらんよ」

里久は束《たば》になっている布切れのいく枚かを長吉に差し出した。

「わたしが教えるよ」

「姉さんはお店の分があるでしょう。いいわ、わたしが教えてあげる」

「あ、ありがとうございます」

「じゃあさっそくはじめましょ」

桃は木綿糸《もめんいと》を指先でパンパンっと弾《はじ》き、針に通して長吉に渡した。

三人は輪になって糠袋を縫っていく。

桃はすいすいと、里久は肩をいからせて、長吉はときどき指を突きながら、ちくちくちくちく縫っていく。

「そうそう、姉さんより上手《うま》いわ」

長吉は桃にお墨付きをもらった袋に糠をていねいに入れた。


長吉が里に帰る二十六日の朝である。

まだ明けきらぬ暁《あかつき》七つ（午前四時ごろ）。「丸藤」の台所では、朝飯を食べずに出立《しゅったつ》する長吉のために、里久が手のひらを真っ赤にして炊きたての飯を握っていた。塩をきかせた大きな握り飯がふたつ。沢庵《たくあん》もふた切れ添える。

雑司ヶ谷までなら子どもの足だと一刻半（三時間）ほどだろうか。ひと晩泊まってもこれるのだし、発つのはもっとゆっくりでもいいのだが、店が開いてからではやはり気が引けるだろう。それに早く帰りたかろうと、須万が早出をすすめたのだ。

「道中で食べるんだよ」

里久は握り飯を竹の皮に包み長吉に持たせる。民も水筒の紐を帯に挟《はさ》んでやる。

「糠袋はちゃんと持った？　替えの糠も？」

桃も早くに起きてきて、何度も教えた洗い方をくり返し言っている。

そこへ用意はできたかえ、と須万が入ってきた。

「ご新造《しんぞう》さま」

長吉は板間に膝を正して「へい」と答えた。

「そうかえ。じゃあこれも荷の中へ一緒に入れておくれ」

須万は裾《すそ》をさばいて長吉の前へ座ると、懐《ふところ》から祝儀袋《しゅうぎぶくろ》を取り出した。

「これは赤ん坊が生まれたお祝い」

それと、と傍《かたわ》らに置いた風呂敷《ふろしき》包みを広げた。中からは、つやつや白粉《おしろい》、肩掛け、手拭《てぬぐ》い、そして紅猪口《べにちょく》が現れた。

「これは『丸藤』からの手土産だよ」

「とんでもございません。祝いまでいただいたうえにこんな」

丸藤の品物がいかに高価か百も承知の長吉は、もらえないと両手をふり、後退《あとじ》さった。

そんな長吉に須万は言う。

「長吉、これはあるじの藤兵衛からですよ。おまえの奉公している『丸藤』がどんなお店か知ってもらうためでもあるんです。おまえの仕事ぶりもよくよく見てもらうんだよ」

須万はそう言って紅猪口を長吉の手に握らせた。

「ご新造さま」

紅猪口を胸に抱いた長吉の肩が震える。「へい、へい」とうなずく。

「ありがとうございます。わたしは……わたしはなんて……」

込みあげる思いに、長吉は感謝の言葉がうまく出てこない。

そんな長吉に里久は明るい声を発する。

「ほら、出立だよ」

「へい、行ってまいります」

長吉は大きく返事をして立ちあがった。

空はまだ仄暗《ほのぐら》く、濃い朝もやの中を長吉が意気揚々と歩いていく。そのうしろ姿を見送る里久は、さっきの明るい声とは裏腹に不安になってきた。

「長吉のおっ母さんがやさしく長吉を迎えてくれたらいいんだけど」

「心配いらないよ」

一緒に見送る須万が言った。

「我が子に会えてうれしくない母親がいるもんかね」

「おっ母さま」

里久は手にしていたものをそっと須万に差し出した。それは里久がつくった糠袋だった。

「これ、おっ母さまに。使ってくれるかい」

「もちろんだよ。うれしいよ」

糠袋を受け取った須万は、大事そうに手のひらに包んだ。

桃と民は、娘と母の様子にそっと目を交わして笑い合う。

「ほら、行っちゃったわ」

桃の声に里久は道の先を見やった。長吉の姿はもうなく、薄い朝の陽《ひ》に、もやが白く流れているばかりだ。

ひんやりとした空気が秋の訪れを感じさせた。


家に帰るんだ。

長吉の気持ちははやり、足どりも軽かった。

早朝の、掛け小屋も茶屋も出ていないがらんとした両国広小路を横切り、神田川《かんだがわ》沿いの柳原《やなぎわら》通りを西へ歩く。新シ橋《あたらばし》まで来ると橋を渡り、射しはじめた朝陽を背に小石川《こいしかわ》へ。湯島聖堂《ゆしませいどう》を見上げ、水戸《みと》家上屋敷を足早に通り過ぎるころには、空はすっかり明るくなった。そのままの勢いで歩きすすめる。護国寺門前町の音羽《おとわ》町《まち》を左手に見、目白坂《めじろざか》にさしかかったところで、目白不動尊の時の鐘が明け六つ（午前六時ごろ）を知らせた。ここまでくればもうひと息だ。長吉は水筒の水で喉《のど》を潤《うるお》し、額の汗をぬぐった。背の荷物を揺すりあげ、疲れを知らない軽い足どりで坂を上り、下《しも》雑司ヶ谷町《ちょう》まで来たら大きな道から町屋がつづく細い道へ折れた。ここをまっすぐ行くと鬼子母神《きしもじん》の参道になり、欅《けやき》並木を歩く。にぎやかな参道もいまはまだ人もまばらで、軒《のき》を連ねる茶店もひっそりしている。境内《けいだい》では土産物屋が芒《すすき》の細工物を並べはじめていた。

長吉の家はこの境内を抜け、一面の田畑が広がる先にある。走ってゆけばもうすぐだった。なのにここにきて、長吉の足どりは急に鈍《にぶ》った。そしてとうとう立ちどまってしまった。背中の荷物もやけに重く感じる。

そういや、朝飯がまだだった。

だからかと思ったが、腹は少しも減っていない。

それでも、

「里久お嬢さんがせっかく拵《こしら》えてくれたんだ。これを食べてから帰ろう」

長吉はあたりを見回し、近くの小高い丘に登った。昔は富士塚《ふじづか》だったと聞いたことがあるが、長吉の幼いころにはもうただの小山で、ときどき牛が放たれて草を食《は》んでいた。草むらに座り、弁当の竹皮を広げる。大きな握り飯が顔を出した。

長吉はかぶりついた。

「うまい」

塩のきいた握り飯は、汗をかいた後にはいっそうおいしく感じた。食欲がなかったのが嘘《うそ》のようにひとつめがあっというまに胃の腑《ふ》におさまり、長吉はふたつめに手を伸ばす。

ずっしりと重い握り飯を見ていたら、熱々の飯を握ってくれた里久の真っ赤な手のひらを思い出した。

「里久お嬢さん、おいら……」

最後のひと口を腹におさめても、長吉は草むらに座りつづけた。

静かだった。一面の田畑には、収穫の時期を待つ稲穂が重く頭《こうべ》を垂れていた。風が渡っていくたび、黄金色《こがねいろ》の波となってうねっている。近くの畑では夫婦連れが一心に鍬《くわ》を打ち、子どもたちが草を拾い集めている。どこかで馬の嘶《いなな》きが聞こえ、青く晴れ渡った空のずんと高いところで、雲雀《ひばり》がにぎやかにさえずっている。

なにも変わらない、懐かしい故郷がそこにあった。長吉は腕を広げてそのまま仰向《あおむ》けに寝そべった。江戸の埃《ほこり》っぽい空気ではなく、草花の放つ青い空気を吸っているうち、鳥の声が遠のいていった。

生温かいものが、べろん、と顔を撫《な》でた。

ぎょっとして目を開けたら、牛の鼻づらが迫っていた。

モオー。

「ひっ」

牛は長吉の足元の草を食んでいる。

がばりと身を起こすと、空は茜色《あかねいろ》に染まりはじめ、雲雀のさえずりは鴉《からす》の鳴き声にかわっていた。いつのまにか眠ってしまっていたようだ。

「いけね」

長吉は急いで荷物を抱えて丘を駆けおりた。あぜ道を走る。前に小さく見えていた籠《かご》を背負《しょ》った老女にずんずん近づいていった。

と、老女がつんのめるように倒れてしまった。道に青菜や茄子《なす》が散らばり、最後に南瓜《かぼちゃ》がごろんと転がった。老女は痛みに声も出ぬようで、うずくまっている。こりゃたいへんだ。長吉はさらに足を速めた。

近づくにつれ、長吉はそれが誰なのかわかった。

おっ母――。

「大丈夫か、おっ母」

長吉はよねに駆け寄って抱え起こした。

「長吉っ、おめぇどうして」

突然の息子の出現に、よねは痛みを忘れたように立ち尽くしている。

「ほら、おいらにつかまって」

しかしよねは長吉が差し伸べた手をはねのけ、痛い足を引きずって歩きだした。

「おっ母、待ってくれよ」

長吉は散らばった畑のものを籠に拾い集め、母親の後を追いかけた。

「長吉、おめぇ、長吉でねぇか」

「本当だ、長吉だ」

「おやまあ」

土間に立った長吉に、父親も兄も嫂《あによめ》も驚いた。

「ただいま、おっ父《とう》、兄《あに》や、義姉《ねえ》さん」

「おめぇ、どうして」

長吉はびっくりしている三人に、「丸藤」の主人から褒美の休みをもらったのだと事情を話した。

「長吉っちゃん、抱いてやって」

囲炉裏《いろり》のそばに腰をおろし、父親と兄に無沙汰《ぶさた》の詫《わ》びを言っていると、嫂が奥から赤子を連れてきて長吉の腕にそうっと抱かせた。恐るおそる受け取った赤子は、柔らかく、思っていたよりずっしり重い。澄んだ黒い瞳《ひとみ》で長吉をじっと見上げてきた。小さな唇を尖《とが》らせ、さかんに動かしている。

「かわいいなぁ」

「男の子だ。源太《げんた》って名だ」

兄の顔はすっかり父親のそれだった。

「源太か、いい名だ」

ふっくらした頰《ほお》をちょん、と突く。と、源太は驚いたのか泣きだした。

「おお、おお、悪かったな」

長吉は急いで嫂に赤子を返し、そうだ、と荷物の風呂敷包みの中から祝儀袋を出した。

「これ、旦那さまからいただいたんだ」

「そんなもったいねえことだ」

恐縮する家の者へ「それとこれは土産だ」と言って、ほかの品も板敷きに並べた。

手拭い、白粉《おしろい》、肩掛け、それに紅猪口《べにちょく》。見たこともない立派な品々に、皆は目を剝《む》いた。

「義姉さん、祭りや縁日につけていったらいいよ」

「いいの?」

嫂は大喜びで目を輝かす。しかしよねは怒りだした。

「こげな贅沢《ぜいたく》なもん、もったいねえ。無駄な銭さたんと使って」

長吉はあわてた。

「おっ母、違うんだ。これはみんな『丸藤』の旦那さまが持たせてくださったんだ」

「どうしてだい」

ただの奉公人に、それも小僧にこんな高価なものをと、よねはいぶかしんだ。

「それは……おいらが奉公してから一度も里に帰らない理由《わけ》を知りなすって」

「丸藤」がどんな品を扱っているか、どんな商《あきな》いをしているか、よくよく見てもらえと須万から聞いた藤兵衛の言葉を長吉は伝える。

「これはおいらが塗ったんだよ」

長吉は紅猪口を手に、紅を塗っていく過程を身ぶり手ぶりで語った。

「こげな美しいもんをおめぇがか！」

へー、と父親も兄も嫂も、腰を抜かさんばかりに驚いている。

「そうだ、おいらがだ」

長吉は得意げに「へへん」と鼻をこする。

「そんでな、おっ母。これもおいらがつくったんだ」

長吉は風呂敷に残る糠袋《ぬかぶくろ》を母親の前に置いた。

「おっ母に紅や白粉を塗ってくれとは言わねえ。でもこれで顔を洗ってみてくれ。脂《あぶら》や垢《あか》を落として、できものも出にくくしてくれるんだ。冬の肌荒れにだって効くんだよ。おっ母、悩んでいたろ」

「傷を薬で治すように、化粧の品にも肌を守ってくれるもんがあるんだよ」

しばらく糠袋を見つめていたよねだったが、立ちあがったと思ったら背を向け、さっさと奥の部屋へ引っこんでしまった。ごとっと重い板戸の閉まる音がする。

長吉の弾んだ気持ちが急速にしぼんでいった。

「おっ母はいまもまだ怒っているんだな……。やっぱり小間物商が気にいらないんだ。そもそも奉公に出たことを許してないんだ」

兄と嫂は気まずそうに見合う。

「ほうか、これをおめぇがか」

沈んだ空気の中、父親だけが紅猪口と糠袋を手にして「たいしたもんでねえか」と感心しきりの様子でうなっている。

いつも気の強い母親に隠れて影が薄いが、奉公に行ってこいと背中を押してくれたのは、この父親だった。その父親が、

「許してやれ」

と長吉に言った。穏やかな声だった。

「あれでもおめぇが立派になってうれしいだよ」

「でもなにも言ってくれないっ」

不満をぶつける長吉に、父親は切なげに笑う。

「寂しいだよ。立派になったのはうれしいだが、でも寂しいのさ。あいつの中じゃあ、おめぇはまだ小せぇ子どものまんまなんだろうよ」

父親は嫂の胸でぐっすり眠っている源太を見つめた。

嫂も赤子を揺すりながら「そうだねぇ」とつぶやく。

「おっ母さんは源太をあやしていてもときどき、長よ、長よって言いなさるから」

「おれなんか、いまもしょっちゅうどやされているぞ」

兄もやれやれと首をすくめる。

「でもな、子どもはどんどん育っていって、親は老いるばかりよ」

父親は顔を手のひらでつるりと撫でた。


ふと目が覚めたのは、水音がしたからだった。

雨かと思ったが、外から虫の音《ね》が聞こえる。水音は家の中からしていた。板戸の隙間《すきま》から灯《あか》りがもれている。長吉は寝床《ねどこ》から這《は》い出て、ほんの少し開けた板戸から覗《のぞ》いた。囲炉裏の火が揺れていた。また水音がした。目を凝《こ》らすと土間の甕《かめ》からよねが水を汲《く》んでいた。囲炉板敷きにあがり囲炉裏のそばに水の張った手桶《ておけ》を置いて、自分も座る。こんな夜更《よふ》けになにをするんだろう。長吉が見ているると、よねは懐から白いものを取り出した。それを手桶の中へ浸《ひた》したかと思ったら、顔にあて、ごしごしこすりはじめた。

「おっ母」

長吉はいてもたってもおられず板戸を開けた。

よねの手から糠袋が手桶の中へぽちゃんと落ちた。

長吉は、ばつが悪そうにしているよねのそばへ座った。

「できたらぬるま湯がいいんだ。でもあんまり熱いと早く皺《しわ》になるんだよ」

長吉はお店《たな》の桃お嬢さんに教えてもらったと言って、桃がいかにきれいか話しながら囲炉裏の鉄瓶《てつびん》の湯を手桶に注《そそ》ぎ、ぬるま湯の中で糠袋をゆっくり揉《も》んだ。

「ごしごし洗わないんだよ。肌を傷めるからね。静かに回すように洗うんだ。糠汁もよく出るし、肌理《きめ》も細かくなる。顔につやも出るんだよ」

よねの手をとり、畑仕事で荒れた甲をやさしく洗ってみせる。

「やってみて」

長吉は糠袋をよねに渡した。

ほら、とうながされ、よねは息子に教わったとおりに顔をゆっくり洗っていく。

「そうそう」

囲炉裏の火がよねを照らしている。長吉は二年ぶりに会う母親をしみじみと見つめた。ぺたりと座り背を丸めて顔を洗っている母親は、なんだか縮んだように見えた。ごつごつした手はあんなに細かっただろうか。

——親は老いるばかりよ。

父親の言葉を思い出す。

あぜ道でつまずいて倒れた母親は、長吉の目から見ても老女だった。

「おっ母」

呼んだ声が湿った。

「家を出ていってごめんよ。奉公に行ってごめんよ」

長吉は詫びた。

「おっ母が言ったように奉公は甘くなかったよ」

つらくて家を出たことを後悔し、夜着にくるまってひとり泣いた夜がなんべんもあったことを白状する。

「それによ、おいらまだ小僧だけどよ、商売が甘くねえこともわかった。人に物を売るってことがどんなに大変かわかった」

母親の使う水音を聞きながら長吉はつづける。

「でもな、買う人にもいろんな事情や望みや、願いがあることもわかったんだ」

それをわからせてくれたのは、里久だった。

「お店にはお嬢さんがもうひとりいてな」

長吉は「丸藤」の総領娘の里久がどんな娘なのか話した。育った品川から実家に戻ってきて、大店《おおだな》の暮らしや商売、日本橋という土地に馴染《なじ》もうと奮闘していること。昼間見せた手拭い、肩掛け、つやつや白粉が、里久を中心に妹の桃や奉公人たち、みんなの力でつくりあげた経緯《ゆくたて》を、よねに熱く語った。

「おいら立派な商人になって、里久お嬢さんのお役にたちたいんだ」

いつしか水音は消え、よねがじっと長吉を見つめていた。

「おめぇ、大人んなったなぁ」

よねは息子をまぶしそうに眺めた。

「こんなに大きくなって」

伸ばしたごつごつの手を長吉の肩へ置いた。

「よく気張ったな。それでこそわしの息子だ」

よねは鼻をふくらませ大きな歯を見せる。

懐かしく、幼いころから変わらない、やさしい母親の笑顔だった。

「おっ母」

長吉はこらえきれず、よねの膝にしがみついた。

おっ母、となんども呼び、温かい母親の膝にすがって、熱い涙を落とす。

「長よ、ほら泣くでねぇ」

よねに誘われ表へ出ると、明け方の空に細い月が昇っていた。

「今夜は二十六夜だ」

この月を拝めば、霊験《れいげん》あらたかだと伝えられている。

「奉公に行った安次が帰ってきてな。おめぇのことを聞きに行ったら、江戸の怖《こ》えぇ話ばかりするだよ。おらもう心配で心配で。でもいいところに奉公できてよかったな。料理茶屋の女将《おかみ》が言ったように、おめぇは運があるのかもしれん」

けどな、とよねは月を見上げる。

「精進しろ。そうしねえと、せっかく持ってる運が逃げちまう。それとおめぇのことを案じている者《もん》がここにおることを忘れてくれるな」

よねは月に手を合わせる。

「どうぞ、長吉をお守りくださいまし」

長吉もそっと手を合わせ、胸の中でつよく願った。

どうぞ、おっ母がいつまでも達者でいてくれますように。

次の日の朝、長吉は早々に帰り仕度《じたく》をはじめた。

「今日一日休みをもらっているって言ってたのに」

もっとゆっくりしていけと引きとめる兄や嫂に、長吉はいんや、と首をふった。

「みんなが困っているといけないから」

小僧は長吉ひとりなのだ。掃除に振る舞い茶に、細々《こまごま》とした用事。きっと里久が率先してやってくれている。でも目を回しているに違いない。

「そうだ、さっさと戻って商いを気張らんといかん」

外から戻ってきたよねが、背負っていた籠を長吉へどっかと渡した。中には畑で採れた青物がこぼれんばかりに入っている。

「世話になっとるみなさんに食べてもらえ。おめぇからよろしゅう伝えてくれよ」

あらおっ母さん、と嫂がよねの顔を覗きこんだ。

「なんだか今日はきれいだこと」

「そうか、長吉の糠袋で洗ったからな」

よねは照れを隠すように「ほらおっ父、渡したいもんがあるんだろ、早くしろ」と戸口から納屋にいる父親を大声で呼んだ。

汗をふきふきやってきた父親は、芒《すすき》のみみずくの細工物を長吉にふたつ渡した。

「わしの内職もんだが、お嬢さん方にな」

兄も奉公の仲間にと、これも土地で有名な「大口屋《おおぐちや》」の飴《あめ》の袋を長吉に持たせた。

よねが長吉の手をぎゅっと握る。

「長吉、次の正月には帰ってこい。餅《もち》さいっぺえ拵《こしら》えて待っとるからな」

「うん、おっ母」

籠を背負った長吉は野道に出て振り返る。懐かしい家がある。戸口に立った兄と、赤子を抱いた嫂。おっ父に、おっ母。大事なひとたちが手をふっている。

「いってくるよー」

長吉は手をふりかえした。

「丸藤」がある日本橋をめざして歩きだした。


「まあ、長吉どんじゃないかい」

昼前に「丸藤」の勝手口に立った長吉を見て、女中の民はあわてて里久に知らせた。声を聞きつけ、桃も台所へ顔を出す。

「どうしたんだい、やけに早いじゃないかい」

驚く里久と桃に長吉は「はい、お土産です」と芒のみみずくを渡した。

「おっ父の内職もんですが」

「わあ、かわいいねえ」

「ええ、ほんとうに」

里久も桃も大喜びだ。

「民さん、これも」

籠を下ろして中を見せれば、民は「まあまあ」と歓声をあげる。

「旦那さまとご新造さまに戻ってきたとご挨拶《あいさつ》をしてきます」

台所から奥へ行こうとした長吉を里久が呼びとめた。

「長吉、おっ母さんとは話せたのかい」

心配げに見つめる里久に、長吉は「へいっ」と返事をした。

「そっか、よかったな長吉」

里久は、にっといつもの笑顔を返してくる。桃も民もほっとしたようにほほ笑んでいる。

ああ、戻ってきた。

長吉はそう思う。

――おっ母、おいらがんばるよ。

長吉は心の中でよねに語りかけ、華やいだ笑顔を見せる女たちに、

「へいっ」

もう一度大きな声で返事をした。

第三章　びらびら簪

八月も半ばを過ぎて白露《はくろ》を迎え、季節はめっきり秋らしくなってきた。日中はまだ少し暑さが残るが、それでも朝夕はずいぶんと涼しくなり、いまもさわやかな風が、伊勢町河岸《いせちょうがし》通りを歩く桃の長い袂《たもと》を大きくふくらませる。目の前を赤とんぼがすいっと横切り、日増しに高くなる空を見上げれば、澄みきった青空に鰯雲《いわしぐも》が浮かんでいる。

「見事な打掛《うちかけ》だったわねえ」

桃と並んで歩いていた乾物問屋《かんぶつどいや》の娘のお園《その》が、まだ興奮冷めやらぬといった様子でため息をもらした。

ふたりとはお稽古《けいこ》仲間である茶問屋の娘、八重《やえ》の婚儀が決まり、今朝からお園と一緒に祝いに行っての帰り道だった。

桃は、そうねとうなずいた。衣桁《いこう》に掛けられた羽二重《はぶたえ》の白無垢《しろむく》は、すべらかで、たっぷりとしていて、まぶしいほどの光沢で、ふだんからよいものを見慣れている桃でも、ふれるのをためらうほどだった。

嫁入り仕度《じたく》に誂《あつら》えられた着物の数がまたすごかった。

上段の戸袋に引き出しが七段ついた箪笥《たんす》がひと棹《さお》と、上半分は観音《かんのん》開きの衣装盆棚で、下は三段の引き出しがついた箪笥がもうひと棹。そのそれぞれの引き出しのすべてに、鬱《う》金染《こんぞ》めの風呂敷《ふろしき》に包まれた着物がびっしりとおさめられていた。またそれとは別に、帯だけの桐《きり》の箪笥まであるのだから、恐れ入った。

「あの白無垢に身を包んで、お八重ちゃんはお嫁にいっちゃうのねぇ」

わたしはいつになるのかしら、とお園はうっとりと胸の前で手を組んだ。

お園の許婚《いいなずけ》は、室町《むろまち》にある老舗《しにせ》の菓子屋「亀由《かめよし》」の総領息子だ。

お園は許婚会いたさに、毎日菓子を買いに行っているという。

「だって、そうすればわたしはお客さまですもの。まわりの者に気兼ねなくおしゃべりできるでしょ。それに『亀由』の味を知っておくのも、大事な嫁入り修業よ」

そのせいなのか、もともとふくよかなお園は、さらに肉づきがよくなっている。

得意そうに丸い鼻をつんっと上へ向けるお園のうしろで、供についてきた小女《こおんな》は困り顔だ。毎度つき合わされているのだろう。

「桃ちゃんはどうなの？　そういうおめでたいお話はないの？」

ふいにお園に訊《たず》ねられ、桃は困惑する。

姉の里久が病弱だったため、桃が跡を継ぐのか、里久が元気になって戻ってこられるのか予想もつかず、そのため桃と縁《えん》を交わす約束をした家はない。

だから許婚はいなかった。姉の里久も同じである。

「でも桃ちゃんなら引く手あまただわ。外を歩けばいつだって袂には付け文《ぶみ》が入っているんですもの」

きっといまだって、とお園はひょいと桃の袂を持ちあげて中を覗《のぞ》いた。はたして、

「ほらやっぱり」

お園の言うとおり、長い袂の中には付け文がいくつか入っていた。

いつのまに……。桃はたじろいだ。いったい誰が、と来た道を振り返った。

そんな桃にかまわず、お園はどれどれ、と付け文をひとつ取り、結びをといて読みはじめた。

「えーと、お三味線《しゃみせん》のお稽古に通われるあなたさまのお姿を目にしては、胸を焦《こ》がしております、ですって。やだぁ、どうする」

お園は身をよじり、ほらほら、と桃の顔の前で文をひらひらさせた。

「もう、やめてよ」

桃はお園の手から文を奪うように取りあげた。

お園はちろっと舌を出して「ごめんなさい」と謝る。

「でもいいわね、桃ちゃんはきれいだもの。誰からも好かれてうらやましいわ」

お園は本当にうらやましそうに桃を見つめてくる。

「なに言ってるの。こんなのもらったってちっともうれしくないわ」

どこの誰ともわからぬ男から好意をもたれても、桃は気味が悪いだけだった。付け文など本当にやめてほしい。しかしお園はそうかしらと首を傾《かし》げ、

「やっぱり伊勢町小町《こまち》は言うことが違うわね」

と、ちょっと卑屈《ひくつ》な表情《かお》をした。

こういうとき桃はどうしていいかわからない。高慢で生意気な物言いになってしまったかしらと心配になる。こんなとき、いったいどう返せばよいのだろう。

たしかなことは、「丸藤」の娘は謙虚でなくてはならないということだ。

桃は幼いころから事あるごとに、母親の須万に言われつづけてきた。

桃だって、美しく化粧することも、振袖《ふりそで》や簪《かんざし》などの小間物で身を飾ることも、嫌いではない。だけどそれよりも、「丸藤」の娘らしく、「丸藤」の娘として恥ずかしくないように——いつもこれをいちばんに考え、気を配っている。

お園は気を直したようで、今日もこれから「亀由」に行くと桃に告げた。

「ねえ、これおかしくないかしら。桃ちゃんのところのお品みたいに上等じゃないのだけど」

と桃に前挿《まえざ》しの簪を見せてきた。

「かわいいからつい買っちゃったんだけど、ちょっと子どもっぽかったかしら」

お園は似合っているか、心配している。許婚に見せたくて挿《さ》してきたのだろう。

つまみ細工の赤い花が二つもついている簪は、今朝会ったときからお園の丸い顔には少し大きすぎると、桃はひそかに感じていた。でも「どうかしら」と不安げに訊《き》いてくるお園にそんなことは言えやしない。

「ええ、いいんじゃないかしら」

桃がそう答えると、お園は口に手をあて、うふふと笑った。

ぷっくりした手の甲に愛らしいくぼみができる。

細工の花の鮮やかな色は、いまのお園の浮きたつ気持ちをあらわしているかのようだ。

「ありがとう、桃ちゃん」

お園は「丸藤」の店先で、じゃあまたね、と桃に手をふり、小女を従え、跳ねるような足どりで許婚の店へ去っていった。

桃はそのうしろ姿を見送りながら、お園の白無垢姿を思い浮かべた。

きっといいご新造《しんぞう》さんになるんだろうな。

楽しそうに歩いてゆくお園を、萩《はぎ》の花を背負った花売りが早足で追い越していった。

桃が「丸藤」に戻って台所に顔を出したとき、手代頭《てだいがしら》の惣介《そうすけ》は少し早い昼餉《ひるげ》をとっていた。屋敷廻《まわ》りに出かけるときはいつもそうだ。しかし今日は少し違っていて、惣介の傍《かたわ》らに里久が座っていた。なにやら難しい顔で「ねえ、どうしてだよ」と惣介にさかんに訊いていた。惣介はそれに答えず、皿に盛られたうどんを出汁《だし》の入った椀《わん》につけ、黙ってすすっている。うどんは民のお手製だ。残暑のなか、冷たくして食べるうどんはとてもおいしく、桃の好物でもある。奉公人たちにも人気だ。しかし惣介の顔はさえない。強張《こわば》ったまま黙々と食べている。

民は湯気に顔を赤らめ、熱いうどんを鍋《なべ》から笊《ざる》にあげている。

台所に入ってきた桃に気づいて、民は「おかえりなさいまし」と声をかけてきた。そのまま笊を持って流しに走り、冷たい水でうどんを締めはじめる。

桃は、ただいま、と言って土間の下駄《げた》をつっかけ、民のそばへ寄っていき、目で里久たちを示しながら「ねえ、どうしたの」と問うた。

民は振り返って板間のふたりをちらっと見て肩をすくめた。濡《ぬ》れた手を前垂れでふいて、桃に耳をかせと手招きする。

なに、と桃は声をひそめた。

「なんですか、手代頭さんがお客の欲しがった品を似合わないからって、売らなかったらしいんですよ」

ねえ、どうしてなんだよ、とまた里久の声が響いた。

「ほら、ですからあのとおり。どうして売ってさしあげなかったんだって、さっきからああやって何度も手代頭さんにお訊きになっていなさるんですよ」

民は桃の耳元から顔を離して苦笑する。

はあーと大きなため息とともに、とうとう惣介が観念したように箸《はし》を置いた。

「里久お嬢さんもごらんになられましたでしょう。お客さまのことをこう言ってはなんですが、もういいお年を召されたお婆《ばあ》さんでございますよ。なのにびらびら簪《かんざし》を欲しいって」

びらびら簪は、おおむね娘が挿すものだ。

現にいまも、桃の髪を花のびらびら簪が飾っている。

「はじめはどなたかにさしあげる品を探しておいでなのかと思っていましたら、ご自分でおつけになるとおっしゃるじゃありませんか」

「いいじゃないか、いい年をしていても欲しいものは欲しいんだから」

笑われます、と惣介はぴしゃりと言った。

「大事なお得意さまに、そんな無責任なことはできません。それに、笑われるのはびらびら簪をおつけになったお客さまだけではございません。それを売った『丸藤』も笑われるのでございますよ」

そこのところをおわかりですか、と惣介は里久に畳みかける。

「それは……」

「お客さまは大きな青物問屋のご隠居さまでございます。聞いた話によりますと、女の身で棒手振《ぼてふ》りから一代でいまのお店になさったとか」

そしていまは、養子に店をまかせ悠々自適の身だと惣介は話す。

「裕福でもございましょう。ですから今回はきっと魔がさしたと申しましょうか、気まぐれで簪をお求めになりたいと思われたのやもしれません。しかし商《あきな》いは売れたらそれでい い、ではないのです。そこもよく考えませんと」

「でもっ」

「お嬢さまに接客のいろはは、まだ難しいかもしれませんね」

「………」

惣介はまだ店に出て日が浅いことを理由に、里久を黙らせた。

「それに失礼を承知で申しますが、以前からあのご隠居さまは『丸藤』には不釣り合いのように思っておりました」

商売柄でもあろうが、隠居は地声も大きく、またなにかというと「あははは」と大笑いし、今日もほかの客に呆《あき》れられていたと惣介は伝える。

「そもそもわたしには、似合わない物を身につけてうれしがる、その気持ちがよくわかりません。それもあんな安物を。そう言ったら泣きだしてしまって……まったく」

後のほうは独り言のようになった。今日の惣介は辛辣《しんらつ》だ。

だが、桃は惣介の安物という言葉に引っかかった。「丸藤」の品はどれも上物だ。しかし里久はそこではなく、

「ご隠居さまを泣かせたのかい」

とぎょっとしている。

「とんでもございません」

「じゃあ誰を泣かせたんだよ」

惣介はとたんにばつが悪そうに顔をしかめた。

「とにかくです。お客さまを大切に思われるのもよくわかります。それはわたしとて同じでございます。しかし『丸藤』の格も守らねばなりません」

惣介はそれだけ言うと一気に残りのうどんを掻《か》っこみ、ごちそうさまと手を合わせるが早いか、そそくさと台所から出ていった。

「姉さん、惣介の言うとおりよ」

しゅんとしている里久が振り返った。やっと土間にいる桃に気づいたようだ。

「あ、桃。おかえり」

桃は「ただいま」と言いながら民に付け文を渡した。

民は慣れたもので、片っ端から竈《かまど》の火で燃やしていく。

「またもらったのかい。はあー、いつもながらすごいねえ」

——別に欲しいわけじゃないわよ。

さっきのお園の卑屈な顔がちらつき、桃はその言葉をぐっと飲みこんだ。

「やっぱりもう一度惣介と話してくるよ」と里久は立ちあがる。

まだ納得していないようだ。

「でもお嬢さん、うどんがもうすぐできあがりますよう」

里久の耳にはもう民の声は届かない。

廊下をどかどか走る足音が遠ざかっていった。


里久が惣介を追って内暖簾《うちのれん》から出てきたとき、店内には柳橋の売れっ子芸者、亀千代《かめちよ》の姿があった。

座敷端《ざしきはし》に腰をかけ、手代の吉蔵《きちぞう》相手に腹を抱えて笑っている。

亀千代は里久に気づくと、「これはお嬢さん、おじゃましております」と小さくしなをつくって挨拶《あいさつ》した。いまはお座敷衣装ではなく、普段着のよろけ縞《じま》の小袖《こそで》なのだが、そのつやっぽいこと。さっきから相手をしている吉蔵もぼうっと見惚《みと》れている。

　里久は亀千代の前へ三つ指つき、

「亀千代姐《ねえ》さん、ようおいでくださいました」

　と番頭仕込みの挨拶を返した。

「で、なにをそんなに笑っていなさるんです」

　里久がふたりの顔を交互に見て訊いたとたん、亀千代はぷっと噴いた。

「ごめんなさいね。いえね、今日は世間で評判の『洗い粉《あらこ》』をもらいにきたんですけど、いまこちらの手代さんから糠袋《ぬかぶくろ》をひとつ付けた経緯《いきさつ》を聞きましてね、それがもう、おかわいそうやら、おかしいやらで」

　亀千代は話しているうちにまた笑いだして、うなじまで赤くしている。

「もう、おしゃべりなんだから」

　里久は、すみませんと頭を掻く吉蔵に頬《ほお》をふくらませたが、

「でも、本当にたいへんだったんですよ。お父《と》っつぁまには、団十郎《だんじゅうろう》の『暫《しばらく》』だ、なんて言われるし」

　とまた亀千代を笑わせた。

　笑いがようやくおさまった亀千代は、涙で滲《にじ》んだ目じりを細い指先でぬぐい、

「でもお嬢さん、よくお店やこの日本橋にお慣れになりましたねえ」

と感慨深げに里久を見つめた。

「みんなのおかげでね」

本当にそうだと、里久は店にいる番頭や長吉、彦作と順に見回した。が、店内に惣介の姿はどこにもなかった。

「惣介はもう出かけてしまったのかい」

「ええ、手代頭さんならついさっき」

お屋敷廻りに出かけたと吉蔵は教えた。

「わっちにも挨拶してくれましたよ。けどなんだか怖い顔をしていなさいましたよ」

いつも愛想のよい手代頭さんなのにと亀千代は不思議がる。

里久は長い袂をいじった。

「わたしとちょっと言い合いになりまして……ね」

そりゃまた珍しいと亀千代は大げさに驚いた。

「茶化《ちゃか》さないでくださいよ。でも、客商売の姐さんならどうするだろ」

「おや、わっちなんかでよければ話してみてくださいな、聞きますよ」

里久は亀千代の好意に甘えて、じつはね、と惣介との言い合いになった出来事をほかの客に聞こえないように小声で話しはじめた。

聞き終えた亀千代は、「それは難しいところですねぇ」と唸《うな》った。

「でもわっちはここの手代頭さんは好きですよ。おべんちゃらを言わないところがいい」

なかなかできるもんじゃないと亀千代は言う。

「だからわっちはずいぶんと頼りにしていますのさ」

吉蔵も、惣介は勉強熱心だと横から口を添えた。

「店にいらしたお嬢さん方にも、髪の飾りや化粧のしかたまで教えていらっしゃいます」

面長《おもなが》の顔立ちには、長い鎖《くさり》のさがった簪より、短い銀のびらびら簪を。少し寂しげな面差しの方は化粧を濃くしがちだが、にぎやかな花簪にすれば、年ごろの娘らしいかわいさが増す。面差しが派手な娘は、反対にすっきりとした簪を。その代わりに頬に薄く紅をさせば、こちらも娘らしい愛らしさが出る。

「とまあ、こんな感じです。お客さまごとに似合うもの、似合わないものを帳面に記してもおられますし」

「たいしたもんだねえ、ただ小間物が好きってだけではできやしませんよ」

手代の話に感心しきりの亀千代だ。

「勉強熱心で、正直で、それに辛抱《しんぼう》強《づよ》くなくっちゃいけない」

ついこの間も惣介を料理茶屋の前で見かけたと亀千代は告げた。

「丸藤」にほど近い浮世《うきよ》小路《こうじ》にある料理茶屋だ。

「じっと路地に立っていなさるのを何度か見かけましたよ。ちょうどこのぐらいの時分だったか。あそこの女将《おかみ》さんに品物を見せに行きなさったんだろうけど、手の空《す》くのをずっと待っていなさったんだろうねえ。人を待つのも商売だから」

亀千代は、長っ尻《ちり》をしちまったと、洗い粉と糠袋を大事そうに抱えて帰っていった。

桃はうどんをひとすべ、ちゅるんとすすった。

店に出ていった里久が内所《ないしょ》に戻ってきて、やっと家族そろっての昼餉《ひるげ》となった。

やっぱり民のうどんはおいしい。しこしこで、喉《のど》ごしがよく、つけ汁も鰹《かつお》の出汁《だし》がきいていい味だ。

里久は、さっきからずずっとすごい勢いですすっている。

「里久、もっと静かに食べられないものかね」

お決まりの須万の小言がはじまった。

「それにその格好ときたら。どうにかならないのかえ」

里久はつけ汁が飛び散るからと、手拭《てぬぐ》いを首に結んで胸の前にたらしている。

「娘盛りというのに、それじゃあまるで道端の地蔵だよ」

藤兵衛がうどんごと「ぐふっ」と噴いた。

「嫌ですよ、おまえさま」

「おまえがおかしなことを言うから」

須万は藤兵衛に口をふいてくださいな、と手拭いを差し出し、再び里久へ向き直った。

「ところで里久、桃から聞きましたよ。惣介に商いのことで文句を言ったんだって」

桃は小《ち》さくむせた。

「おっ母《か》さま、わたしは別に……」

そんなことは言ってやしない。

「だって惣介のやり方に不満があるんだろ。同じじゃないか」

「けどおっ母さま、桃からわけは聞いてくれたかい」

里久は椀の中に薬味のねぎや生姜《しょうが》を入れ、またずずっとすすった。

「ええ、聞きましたとも。けどね、あれにはあれの商いの考えというものがあるんですよ。それでずっとこの店を支えてきてくれているんですから」

須万は惣介のやり方は間違っていないと里久を諭《さと》す。

「それに惣介の見立てはたしかですよ。わたしもずいぶんと頼りにしている」

里久は口をもぐもぐさせながらうなずいた。

「わたしだってそれはよおっくわかっているよ。わたしの簪を本当によい簪だって、よく似合ってるって、ことあるごとに褒《ほ》めてもくれるしね」

惣介は、よいものには惜しみなく賞賛する。

「でもね、おっ母さま……さっき見ていて、ほんとうにこれでいいんだろうかって思ったんだよ。なんだか……なんて言ったらいいのか、わかんないんだけどさ」

里久はとまっていた箸をまたうどんの皿に伸ばした。椀にてんこもりによそい、ずずっとすする。

桃はこんなとき取り残された感覚に陥《おちい》る。

わたしはお客のことも店のことも、そんなものかと思うだけだ。

惣介の商いのしかたになんの違和感も湧いてこない。

父の藤兵衛はと見れば、

「まあな、そこが商いの難しいところさ」

と里久をなだめている。なんだかうれしそうだ。

こうやって見れば、姉は父親とよく似ている。

「おや桃、どうしたんだい。ほとんど食べてないじゃないか。好きだろ。ほらおあがりよ。

みんな里久に食べられてしまうよ」

「おっ母さま、ひとを大食いみたいに」

「おや、違うのかえ」

藤兵衛が朗笑する。

桃は椀からまたひとすべ、ちゅるんとうどんをすすった。

その夜のあるじ部屋では、いつものように藤兵衛と番頭とで、その日の売り上げを合わせていた。白粉《おしろい》も洗い粉もよく売れている。とくに身を飾る櫛《くし》や簪がこのところよく出ていた。

「よしよし、商いは順調のようだね」

「はい旦那さま。季節もよく、お出かけになられるお客さまが多うございます」

ほくほく顔で番頭は報告する。

桜に花火、祭りにと見物好きの江戸っ子である。いまの時期なら萩《はぎ》で、名所といえば亀戸《かめいど》の龍眼寺《りゅうげんじ》が知られている。連れ立って出かけるとなると、着るものやら身につけるものやら、あれこれと趣向を凝《こ》らすのも楽しみのひとつだ。また張り合う気持ちも手伝って、簪の一本、櫛のひとつも張り込もうかという気になり、「丸藤」は連日客でにぎわっている。

「うちの店を選んで来てくださるとは、ありがたいねえ」

感謝の念に大福帳を拝んだ藤兵衛だったが、ところでだ、と話を惣介へもっていった。

番頭は「ああ、あのご隠居さまのことでございますか」とすぐに理解した。

「お客さまの中には、惣介をたいそう頼りにされているお方もございます。惣介に見立ててほしいとわざわざお越しになるお方も、今日も何人かございました」

「須万も惣介の見立てには一目おいているようだ」

番頭はさようでございますか、と少し誇らしげにうなずいた。

「お屋敷廻りでお訪ねするお客さまにも、すこぶる評判はようございます。ですが、惣介を敬遠なさるお客さまも中にはいらっしゃるのも、また事実でございます」

番頭は口許《くちもと》の笑みを消し、惣介の店売りのお客からの評判は、半分とまではいわないが、三割ほど悪いという。

「あれも頑固なところがあるからねえ」

「はい。惣介もここへ小僧からお世話になってはや十五年でございます。お客さまをおきれいにすることへの自負といいましょうか、矜持《きょうじ》といいましょうか、わたくしからみても、並々ならぬ思いがあるようでして」

それゆえ美しさを崩すことへの嫌悪もまた強い。

「どちらにしようか迷われているお客さまに、こちらが似合うと惣介が決めてしまうこともありまして、あとで本当はあちらがよかったと、品物を返しにこられるお客さまもいらっしゃいます」

「頑固で強引か……」

「ええ……ですが、無責任に売ることもできません。今日のご隠居さまへの惣介の判断は、わたくしは間違っていないと、そう思っております」

藤兵衛は「そうだねぇ。だけどねぇ」と腕を組んだ。

明かり障子の向こうの坪庭《つぼにわ》から虫の音《ね》が聞こえてくる。

ガチャガチャ、リンリン。いろんな虫が鳴いている。チンチロリンと鳴いているのは松虫だと、娘の里久が教えてくれた。

藤兵衛は虫の音に耳を傾けながら静かに言った。

「わたしはね、番頭さん。商いで一番怖いのはお客に『ああ、もういいわ』と思われることなんだよ。そういうお客は怒ったり文句を言ったりしない。黙って帰って、もう二度とうちの暖簾《のれん》をくぐらない」

番頭は畳に視線を落とし「たしかに……」とつぶやいた。

「品物を選ぶのはあくまでお客のほうだ。わたしたちはその手伝いをするまでだ」

「惣介にはわたしからよく言って聞かせます」

しかし藤兵衛はそれもどうかと言った。

「こういったことはね、いくら人から教えられてもわからないものだよ。自ら気づかないと、結局同じことのくり返しさ」

「……さようでございますね。しかし人一倍商売熱心な者でございます。あの者のためにもなんとかしてやりたいと思うのですが」

さて、どうしたものかと藤兵衛と番頭はふたりして天井をあおぎ、「うーむ」と唸った。

その二日後の昼下がりである。

桃はこの日、三味線の稽古日だった。供をしてくれる民は、須万の用事で手が離せない。長吉に頼むしかないが、付け文をする者に睨《にら》みをきかせるには心許《こころもと》ない。

お三味線のお稽古に向かわれるあなたさまのお姿を――。

もう燃やしてしまったが、お園が読んだ文面を思い出し、桃は気が重くなった。嫌だわ、と消し去るように頭《かぶり》をふった。

桃が内暖簾から店内を覗いたときは、ちょうど客の姿はなく、惣介がお屋敷廻りに出かけるところだった。いまから武家の屋敷に赴《おもむ》くようで、白粉や紅猪口《べにちょく》の化粧の品のほかに、惣介が見立てた櫛、笄《こうがい》を藤兵衛と番頭が確かめている。ふたりは納得したようで、惣介は重ね段の木箱におさめて、「丸藤」の屋号を染め抜いた風呂敷に包んだ。

「では旦那さま、番頭さん、いってまいります。六つ（午後六時ごろ）までには戻ってまいります」

「ああ、奥方さまによろしく伝えておくれ」

「気にいっていただけるといいんですがねえ。なんせ難しいお方ですから」

と番頭は心配そうだ。

「大丈夫でございます。まかせてくださいませ」

惣介は自信満々で風呂敷包みを背負い、よっと立ちあがった。

「いってらっしゃいまし」

手代と長吉に見送られ、惣介は明るい外へと出かけていった。

さて、とそれぞれが自分の持ち場に戻ろうとしたときである。

店座敷の隅《すみ》で紅猪口を塗っていた里久が、奥へ戻ろうとした藤兵衛を「お父っつぁま」と呼びとめた。

「あの……お願いがあって。わたしをご隠居さまのところへ行かせてほしいのだけど」

「ご隠居さまって、まさかこの前いらしたびらびら簪《かんざし》の……」

そう、と里久はうなずいて、塗り終えた猪口をていねいに机に置いた。

「わたし、もう一度お見せしたくって」

姉はまだ隠居のことを考えていたのかと、桃は呆れてしまった。

「しかしだな、外回りは惣介の役目だ」

藤兵衛は里久のそばへ膝《ひざ》をついた。

帳場に戻りかけていた番頭もそばへ寄る。

「そうでございます。いくらお嬢さんでもこればかりはいけません。惣介の立場というものがございます」

「それにな、里久。お屋敷廻りはそんなに容易《たやす》いものじゃない。先様《さきさま》で失礼があってはたいへんだ」

里久は藤兵衛や番頭にとめられてもなお、食い下がった。

「難しいことはわかっているよ。わたしがみんなに助けてもらって、どうにかお客の相手ができていることもわかってる。でもあの日、店から出ていったご隠居さまの姿が頭から離れないんだ」

「あははは」と笑いながらも悲しそうだったと、里久は話した。

「惣介のこだわりも、『丸藤』を誇りに思って、格を守ってくれているのもわかっているつもりだよ。でもやっぱりわたしは、この店から悲しそうに出ていくお客がいると思うとたまらないんだ」

ああ……、と桃から吐息のような声がもれた。

姉さんはこういうひとだったと桃は思い出す。

いつもまっすぐで、悩みながらも立ちどまらない。自分で感じて動くひと。

彦作をこの店に連れてきたときも、眉《まゆ》化粧の刷り物のときも。つるつる白粉に肩掛け、そして白粉化粧を教えてくれとわたしに頼んだときも、いつだってまっすぐだった。こうなるともう誰も姉さんをとめられない。

番頭は、里久に見つめられて「旦那さまぁ」と藤兵衛に助けを求めている。

藤兵衛もどうしたものかと顎《あご》をさすっている。

桃は知らず知らずのうちに、内暖簾から足を踏み出していた。

「あの、わたしが姉さんと一緒に行くっていうのはどうかしら」

気づけば桃は、自分からそんなことを言い出していた。

「お屋敷廻りじゃなくて、ご機嫌伺いに行くと考えたらどうかしら。ついでに簪をお見せするの。あくまでも見せるだけよ。お留守ならそのまま帰ってくればいいんだし」

「桃っ、ほんとうかい。ほんとうに一緒に行ってくれるのかい！」

里久の表情がぱあっと輝く。

この顔にめっぽう弱くなったのはいつからだろうと、桃は頭の片隅で考える。

自分でも都合のよいことを言っていると思ったが、

「お父っつぁま、番頭さん、どうかしら。姉さんの気持ちもそれですっきりするんじゃないかしら」

桃がもうひと押しすると、番頭も里久の一途《いちず》さを知っているものだから、

「そうでございますねぇ……」

と気持ちを揺るがせた。

「桃お嬢さんが一緒に行ってくださるのなら」

と藤兵衛に伺いをたてる視線を送った。

「里久、あくまでもご機嫌伺いだ。それでいいかい」

里久は全身からうれしさをこぼしながらも、神妙にうなずいた。

「ありがとうお父っつぁま、ありがとう番頭さん」

そして桃にくるりと向き直り、

「ありがとう桃！　恩にきるよ」

と飛びついてきた。

「よしてよ、もう姉さんったら」

桃の顔はかあっと熱くなる。

隠居の住まいは「丸藤」から少し遠い松島町《まつしまちょう》にあり、周りは武家屋敷に囲まれている。

そのため供は彦作に決まった。

「鏡磨きのほかに用事を頼んで悪いが、娘たちをお願いしますよ」

藤兵衛に頼まれて彦作は「へい」と土間から身軽に立ちあがり、腰に下げた手拭いで膝の埃《ほこり》を払った。供をする気でいた長吉は残念そうだ。


日中の伊勢町河岸通りを三人はゆっくりと南へ向かった。

荷揚げ人足が唄《うた》っているのか、堀沿いに建ち並んだ米蔵の向こうから流行歌《はやりうた》が聞こえてくる。その中を里久は上機嫌で歩いていく。

「どうかされましたかいのう」

歩きながらあたりをきょろきょろうかがっていた桃に、彦作が振り返って声をかけてきた。いつのまにか、ふたりとの距離はずいぶんあいていた。

「ううん、なんでもないわ」

桃は急いで彦作に追いついて並んだ。

「おーい、遅いぞー」

忙しそうに行き交う人波の間から、里久がこっちへ大きく手をふっていた。

第四章　女友達

番頭に渡された隠居の住まいが書かれた紙を手に、鼻緒《はなお》問屋に入っていった彦作が店から出てきて、通りで待っている里久と桃に手招きした。

「この先の角を右に折れて、いちばん奥の家だそうで」

教えられたとおり細い路地を曲がった先に、こぢんまりとした仕舞屋《しもたや》があった。

玄関の格子戸《こうしど》を開け、姉の里久が訪《おとな》いをいれる。しばらくして足音が聞こえ、どちらさまで？　という声とともに若い女が顔を出した。ここの小女《こおんな》のようだ。伊勢町の小間物商「丸藤」だと里久がつづけて名乗れば、いったん奥へ引っこんだ小女はすぐに戻ってきて、どうぞ、と里久と桃を中へ迎え入れた。

よく水ぶきされた廊下を小女についていくと、右手に庭が広がった。

周りの武家屋敷から生い茂った木々の枝が塀《へい》を乗り越えて伸びているものだから、そこは庭というより林のようにうっそうとしていた。

濃い緑の中に紅《あか》や黄色に色づく木々があり、風が吹くと早くも葉を落とす木々もあった。

「よくきたね」

少し嗄《しゃが》れた声に目を廊下へ戻せば、廊下縁の中ほどに隠居が座って日向《ひなた》ぼっこをしていた。

「ご隠居さま」

里久が急いで隠居の許《もと》へゆく。挨拶《あいさつ》もそこそこに、

「この前はほんとうに申し訳ないことを」

と廊下に手をつき深く詫《わ》びをいれる。

「おやまあ、そんなことを言うためにわざわざ来てくれたのかい。そりゃあ悪かったねえ。なに、こっちこそだよ。年甲斐《としがい》もなく無茶を言っちまって」

隠居は離れた桃にも十分聞こえるほどの大きなよく通る声で話し、「手代頭《てだいがしら》さんを困らせちまった」とあははは豪快に笑った。

「それでねご隠居さま、今日はゆっくり見てもらおうと思って、いろいろ持ってきたんですよ」

桃、と里久に呼ばれ、桃はすぐさま廊下を進み、さっき彦作から受け取っていた荷を姉へ渡した。

里久のうしろへ控えた桃を見て、「おや、おまえさんは誰だい？」と隠居が訊《き》く。

「わたしの妹の桃なんですよ」

里久は言いながら隠居の前へ品物の箱を並べ、次々と蓋《ふた》を開けてゆく。

「お初にお目にかかります」

桃はたおやかな物腰で辞儀をした。

目の前の隠居は大柄な女だった。皺《しわ》の深い顔は、陽《ひ》に赤銅色《しゃくどういろ》にやけていた。頭はもうほとんど白いが、背筋はしゃんとしていて、しゃべり方にも勢いがあり、目は気を抜いていない緊張感があった。番頭から隠居したのはつい昨年のことだと聞いていたが、これならまだ十分店に立てるほどで、桃は少し怖い感じを覚えた。

「ご隠居さま、ほら」

里久はひとつの箱を隠居に見せた。

中にはびらびら簪《かんざし》がおさめられていた。

「あの日の……」

と隠居が小さくつぶやいたことで、それが手代頭の惣介が売らなかった簪だと桃にも知れた。

それは金と銀の牡丹《ぼたん》が一輪ずつ咲いた簪だった。その花の真ん中に珊瑚玉《さんごだま》がはめ込められていて、ふちを囲むように銀の短冊《たんざく》が下がっている。いかにも娘が好みそうな品だった。

じっと見入っていた隠居は、簪を手にとり、目の高さに掲げてそっと振った。女にしては大きく節くれだった手の先で、幾重《いくえ》にも重なった花びらが揺れ、短冊がシャラリと音をたてて躍った。

「華やかだねえ」

隠居は目許をゆるめ、うっとりとしている。

しかし目の前にいる里久や桃を見て、

「やっぱりこういう品は若いひとのものだね」

と簪を箱へ戻し、蓋を閉めた。

「でもせっかく来てくれたんだ、ほかのもいろいろ見せてもらうよ」

隠居は櫛《くし》や簪を順に手にとっていく。里久も、それもすてき、これも似合いそうだと隠居の相手をしていたが、「それにしてもにぎやかだねえ」と外へ目を向けた。

庭では鳥がさかんに鳴いていた。それも一羽二羽どころではない。

ツッピーツツピー。ヒッヒッ。ギュイ、ヂューとまあ、うるさいほどだ。

小女に案内されたのだろう、いつのまにか彦作が庭に立って木を見上げていた。

里久が「彦爺《ひこじい》ぃ」と呼んだ。こっちに振り向いた彦作は、

「お嬢さん、ほれ、四十雀《しじゅうから》に尾長《おなが》もおりますじゃ」

とうれしそうに庭のあちこちを指さす。

「実を食べにくるんだよ」

櫛を手にしていた隠居は、庭のまぶしさに目を細め、「櫟《くぬぎ》や欅《けやき》に、梅もどきだろ」と木々の名をあげてゆく。

たしかに小鳥たちが赤や紫の実を忙《せわ》しなくついばんでいる。

「まあ、鳥でにぎやかなのはいいんだが、どうにも庭の手入れができなくってねえ」

隠居は植木屋に頼んで枝の剪定《せんてい》はしてもらっていると話したが、

「でも草がねえ。抜いても抜いても生えてきちまって。こっちは思うように動けないっていうのにさ」

商いから退《ひ》いたのも、膝《ひざ》が痛くて店に立てなくなったからだと、隠居は悪いほうの膝をさすり、小女ひとりではこの庭は手に負えないよと嘆《なげ》いた。

いわれてみれば、庭には勢いよく伸びた下草と落ち葉が目立っていた。

「そりゃあお気の毒にのう。でしたらわしがお手伝いしましょうかいのう。半刻《はんとき》（一時間）もありゃあだいぶすっきりするじゃろて」

縁側へやってきた彦作の申し出に、「わたしもする」と里久がぱっと立ちあがった。桃がとめる間もなく、沓脱《くつぬ》ぎ石にある下駄《げた》をつっかけ、庭へ飛び出していく。

「あっ、とんぼだ。わあ、彦爺見て、池もあるよ」

と大はしゃぎだ。

「ねえ桃、うちの庭にも池をつくろうよ。水鉢《みずばち》の金魚たちもきっと喜ぶよ」

物言いも、もう普段に戻ってしまっている。

隠居が「あははは」と笑う。

「姉さんったらもう」

桃は恥ずかしさで顔を赤らめた。

小女が竹箒《たけぼうき》と手鍬《てぐわ》を持ってきて、ぺこぺこ頭を下げながら里久に襷《たすき》を掛けてやっている。

「よーし、やるよ」

ふたりはさっそく庭の手入れをはじめた。

彦作は手鍬を上手に使って下草を抜いてゆく。里久は箒を大きく軽快に動かし、ざっざっと落ち葉をかき集めていく。

これじゃあ当分帰れない。桃はもうふたりを待つしかなかった。

隠居は櫛の箱を手にしたまま、着物の裾《すそ》を乱しながら奮闘している里久を愉快そうに眺めている。

秋の柔らかい陽が廊下にまで伸び、隠居の栗皮茶色《くりかわちゃいろ》の紬《つむぎ》に濃淡をつくっていた。

桃はここへ来る前まで隠居のことを、びらびら簪を欲しがるなんて、いったいどんな派手好みのお婆《ばあ》さんなのかしら、と思っていた。しかし実際に会ってみれば、年相応の慎《つつ》ましやかな身なりの老女《ひと》で、威厳さえうかがえる。

と、桃の胸に素朴な疑問が湧いた。

どうしてびらびら簪なんて欲しがったのかしら。

探《さぐ》るように見つめていたら、桃の視線に気づいたのか、ふいに隠居がこっちを向いた。

隠居の視線とぶつかって、桃はとっさに目をそらした。

「おまえさん、きれいだね」

嗄れた声が言う。

桃にとっては聞き慣れた台詞《せりふ》だった。

——そうおっしゃっていただけるとは、恐れ入ります。

いつものようにそつなく返そうとした桃だったが、それより先に隠居は、

「そんなことわかってるっていう顔だね。周りの男どもがほっとかないだろう」

と、「あははは」と笑った。

ずけずけした物言いに、小意地の悪さも嗅《か》ぎとって、桃はむっと腹がたった。

人の気持ちも知らないで、誰も彼も勝手なことばかり言って。

桃は思わず隠居に言い返していた。

「なんとも思っていない男《ひと》から好かれても困るだけですわ。それに、わたしのなにを知って好きだっていうのか、わからないわ」

切り口上《こうじょう》に言ってしまってから、桃はしまったと口に手をあてた。

「丸藤」の娘なのに――。

なんて高飛車な娘だろう、そう怒られるものと桃は覚悟した。

しかし隠居は「まあ、そりゃそうだね」と至極まじめな顔でうなずくだけで、また庭に目を戻した。

里久と彦作が蜘蛛《くも》だ、かまきりだと騒いでいる。

あちらはあんなに楽しそうなのに、こちらは会話もなく、里久たちがまた掃除をはじめると、隠居との間には落ち葉を掻《か》き集める音と鳥の声が、やけに大きく響くばかりだ。

桃はどうにも気まずく、なにか話の接《つ》ぎ穂《ほ》がないものかとあれこれ考えてみたものの、これといった話題も浮かんでこない。とにかく「あの」と言ってはみたが、後の言葉がつづかなかった。

だが隠居は、なんだい、と言うように再びこっちを向いた。

桃の次の言葉を待っているようだった。

桃は急《せ》かされるように、さっきからずっと感じていた疑問を口にした。

「あの、どうしてびらびら簪をお求めになろうと思われたのですか？」

桃は、きっと惣介が話していたように、「ただの年寄りの気まぐれだよ」と隠居は言って、また「あははは」と笑い飛ばすとばかり思っていた。

しかし隠居は桃の問いかけに考えこんだ。

なにか訊いてはいけないことを訊いてしまったのだろうかと思い、桃はあせった。

いいんです、べつにお答えにならなくても。

そう言おうとしていた桃に、隠居はさっきと同じまじめな顔で、

「欲しくなったんだよ」

と短く言った。

「わしは、江戸へ出てきた出稼ぎ者でね」

さばさばした物言いから、江戸の生まれと思っていた桃は、少なからず驚いた。

「昔話なんぞ、若いおまえさんは聞きたかないか」

「いいえ」と桃はすぐさま言った。

さっきの問いの答えでも、そうじゃなくてもいい。互いに黙ったまま隣り合って座っているより、話を聞いているほうがいい。

隠居は少し逡巡《しゅんじゅん》するそぶりをみせたが、

「まあ、暇つぶしにはなるか」

ふふん、と笑い、桃の眼差《まなざ》しに、

「そうだね、おまえさんには話しておいたほうがいいかもしれないねぇ……」

と独り言のように言って庭に目を戻した。

「江戸へはじめて出稼ぎに来たのは、十二の秋だったよ」

「それでどうしたんです」

桃は隠居の話に引きこまれていた。棒手振りに青物と、商《あきな》い方や商う物は違えども、商売という点では「丸藤」と同じだ。それに、里久が戻ってからは桃も少しだが商いにかかわり、しぶしぶ店に立ったこともある。だからどうなったか話の先が気になった。

「どうにかできないものかと考えて、わしはくずと呼ばれる青物に目をつけたんだよ」

毎日市場には、小さいのやら細いのやら、ぶかっこうのものやら、売り物にならない青物がたくさん出る。

「それを欲しいと言うと、驚くほど安く手に入ってねぇ」

大根や里芋や、蓮根《れんこん》や牛蒡《ごぼう》。主に根の物だと隠居は言った。

「だがそのままでは売れないさ」

そこで使うのはここだと、隠居は自分の頭を指でとどとん、と叩《たた》いた。

「たとえば里芋なら、ひとつひとつきれいに皮を剝《む》くんだよ。牛蒡だったらささがきにしてさ、それを煮売り屋に安く売り歩いたんだ」

最初は買うのを渋っていた煮売り屋も、安いこともあり、ためしに使ってみたところ、下拵《したごしら》えの手間もはぶけ、小さいぶん早く煮え、味もよくしみ、なにより炭や薪《まき》をいつもより始末できると喜んだ。そのうち売りに行くのを待ってくれる店も現れ、得意先も何軒かできた。

「わしは商いに夢中になった。でもね、中には意地の悪い客もいたし、そうそう、同じ棒手振りに待ち伏せされて、品物をどぶに投げ捨てられたこともあったよ」

「まあ」

そのころの隠居は今の桃と同じ年ごろだったろう。自分だったらと思うと、桃は青ざめた。

「ああ、わしだって怖かったさ。けどね、逃げたら負けだ。わしはいつだって叫んでいたさ。女だからってなめんじゃないよ、ってね。困ったことがあっても誰にも弱みを見せず、なんでもひとりで必死に乗り越えてきた」

あのころは毎日がまるで戦《いくさ》のようだったと、隠居は手の甲をさすった。

大きくて陽によくやけた節くれだった手は、乾いて、皺だらけで、爪《つめ》の先が黒く汚れていた。

桃の視線に、隠居はこれか、と両の手の指先を己《おのれ》に向けた。

「青物の皮の渋《しぶ》だ。もう染まっちまって、いくら洗ったって取れやしない」

でもおかげで店がもてるまでになったと、隠居は誇らしげに爪を見つめる。

その店を徐々に大きくしていき、惣介が言っていたように、養子に跡を継がせて今や悠々自適の身だ。

「だがね、このごろ夢をみるんだよ」

「夢、ですか」

隠居は爪を見つめたままうなずいた。

「娘たちが楽しそうに笑っていてね」

夢のなかの話である。

「みんな髪にはびらびら簪が揺れていてね。その簪を遠くからうらやましそうに見つめているひとりの娘がいるんだよ……。それで思い出したんだ。ああ、わしもうらやましかったってね。そうさ、あのころのわしは、びらびら簪がうらやましくってしかたがなかった」

商いに精を出し、買えるようになったころには、びらびら簪を挿《さ》せる年はもうとっくに過ぎていたと隠居は苦笑した。

「贅沢《ぜいたく》な櫛や鼈甲《べっこう》の簪を挿せたよ。棒手振りになったばかりのころには考えられなかったことさ」

幸せなことだ。もう満足だ。そう隠居は思っていたという。

「だけどやっぱり違うんだ。気づいたんだよ。あの夢に出てくる娘はわしなんだって。あんな目をしていまだに簪を見つめておる」

なんだか不憫《ふびん》でねぇ、とつぶやいた隠居の目はわずかに潤《うる》んでいた。

「それで『丸藤』に」

桃は合点《がてん》がいった。

「未練がましいよねぇ。いまさらおかしいって自分でもわかっていたんだよ。だから売れないって言われたときは、もう笑うしかなかった」

隠居は「あははは」と笑ったが、その声に力はなかった。

「後悔はないさ。故郷の言葉を忘れちまうほど江戸が長くなったことも、店先で売り声ががなりたてたせいで喉《のど》をつぶしちまったことも、独り身をとおしたことも、みんな後悔はしていない。でもね、このごろふと思うんだよ。もっと素直に弱さを見せていたらよかったってね」

それがたったひとつの後悔だよと、隠居は桃に打ち明けた。

「まあしかたのないことさ。あのころのわしには難しかった。だって人を信じなきゃできないことだからねぇ」

「弱さを見せていたら、どんなふうになっていたと」

言ってしまってから、残酷なことを訊いてしまったと桃は気づく。

「ごめんなさい」

「いいんだよ」

気にしなさんな、と隠居は鷹揚《おうよう》に手をふった。

「そうだねぇ……もし弱い自分を晒《さら》していたら、誰かと夫婦《めおと》になっていたとは思わないが、もしかしたら女友達のひとりぐらいはできて、一緒に選んだびらびら簪を挿していたかもしれないねぇ」

桃は隠居がなぜびらびら簪を欲しがったのか、そのわけを知った。

けれど桃には、また新たな疑問が湧いてきた。

「ご隠居さま、どうしてわたしに話してくださったのですか」

姉が聞いたらさぞかし喜んだだろう。ためにもなったはずだ。なのになぜ。

「ん？　だから暇つぶしさ」

いいえ、と桃は隠居ににじり寄った。

「ご隠居さまはたしかおっしゃいました」

――おまえさんには話しておいたほうがいいかもしれないね。

「どうしてわたしなんです」

おや、聞こえてたかい、と隠居は穏やかな眼差しを桃へ向けた。

「それはさ、おまえさんがわしとよく似ているからさ」

「…………」

「おや、こんな婆さんとはちっとも似ていないってかい？」

「ご隠居さまったら」

「あははは。悪かったよ。おまえさんがそんなこと思う娘じゃないってことぐらいわかっているさ。それにさっきは意地の悪いことを言ってすまなかったね。ありゃあ嫉妬《しっと》さ。この年になっても女は厄介《やっかい》なもんだ」

隠居は大きな肩をすくめ、桃をしみじみと眺めた。

「ほんに、おまえさんはめっぽうきれいな娘だ。でもね、わしに似ているっていうのは本当だよ。おまえさんのその頑《かたく》なな目は、昔のわしを思い起こさせる。それにその振袖《ふりそで》だ」

桃は己の形《なり》を見回した。

娘らしい小花を散らした小紋《こもん》に、色柄合わせた昼夜帯。隙《すき》のない着付けと髪飾り。「丸藤」の娘らしく、うしろ指をさされないようにとの身拵《みごしら》えだ。

「きれいなおまえさんのそのべべが、わしには鎧《よろい》のように見えるんだよ」

「鎧……ですか」

「ああ、わしの担《かつ》いでいた天秤棒《てんびんぼう》が刀のかわりだったようにね」

窮屈《きゅうくつ》で重そうだと隠居は言った。

「もっと力をお抜きよ。おまえさんはわしとは違う。ひとりじゃない。ほら、あの姉さんがいるんだから」

里久が落ち葉を集めながら、長い袖が邪魔だと騒いでいる。

隠居はびらびら簪の箱の蓋を再び開けた。

「挿してごらんになったらいかがです」

桃は返事を待たずに簪を手にとり、そっと隠居の髪に挿した。

隠居の目が、驚きで大きく見開く。

「どうぞごらんになってくださいまし」

桃の声に弾《はじ》かれたように、隠居はうしろの障子が開け放たれた部屋へ這《は》っていき、鏡台の合わせ鏡を手に、己の姿を恐るおそる覗《のぞ》きこんだ。

「……やっぱりこんな婆さんじゃおかしいよ」

隠居の肩ごしから鏡を見た桃は、いいえ、と首をふった。

「よくお似合いでございます」

けっしてお世辞ではなかった。陽にやけた顔を恥ずかしそうにさらに赤らめているひとは、もう隠居ではなく、娘そのものだ。

「ありがとうよ。あのころのわしに、女友達が言ってくれているみたいだよ」

隠居は鏡の中へ語りかける。

「よかったねぇ、ほんによかったねぇ」

廊下に膝をつき、小女が「あのぅ」と声をかけてきた。

「お茶のお仕度《したく》ができましたが」

盆には茶とふかし芋が盛られた皿がのっていた。

「おお、そうかい。どれ」

隠居は桃の手を借りて立ちあがり、廊下に出て庭の里久たちを呼んだ。

「そろそろひと休みにしておくれー。芋をふかしたよー」

「やったぁ」

里久が一目散にこっちへ駆けてくる。

廊下縁にやってきた里久は、すぐに隠居の髪の簪を見つけ、笑顔になった。

「あっ、ご隠居さま、すっごく似合ってる」

「そうかい、似合ってるかい。そりゃうれしいねぇ」

隠居は朗《ほが》らかに「あはははは」と笑った。

少し傾いた秋の陽に、隠居の髪のびらびら簪がきらきらと光っていた。


「よかったねえ」

隠居にびらびら簪を買ってもらった里久は、土産に芋までもらい意気揚々と帰っている。

一方、彦作は「旦那さまや番頭さんに怒られはしまいかのう」と心配している。

売るのではない。見せるだけだと約束してのお屋敷廻りだった。いや、あくまでもご機嫌伺いだったのだ。

「手代頭さんに知られたら、それこそどんなに怒られるか……」

「へっちゃらだよ。あんなに喜んでくれたんだから。彦爺だってあのうれしそうな顔を見たろ。これもみんな桃のおかげだよ」

一緒に来てくれてありがとう、と礼を言われ、並んで歩いていた桃はうつむいた。

親父《おやじ》橋《ばし》を渡り、照降町《てりふりちょう》まで帰ってきたとき、里久は一軒の菓子屋で足をとめた。「翁《おきな》屋《や》」という母親の須万が贔屓《ひいき》にしている店で、ここの塩饅頭《まんじゅう》が須万の好物だった。真っ白な薄皮に甘さを控えたこし餡《あん》が上品な味わいだ。

老舗《しにせ》の立派な店構えに、いつもなら気後れして通りすぎるんだけど、今日は桃も一緒だからね、と里久は暖簾《のれん》をくぐった。

薄暗い店内には客の姿がぽつぽつある。その客たちにまじって里久は手代に塩饅頭を注文する。

「えーと、おっ母《か》さまでしょ。お父《と》っつぁま、それに番頭さんに――」

と指を折ってゆく。隠居のところで芋を三本も食べたうえ、土産の包みまで持っているのに、自分の分までちゃっかり数に入れている。

「ねえ桃、買い物ってなんだかわくわくするね」

「丸藤」にやってくるお客もきっとこんな気持ちなんだろうねと、里久は桃の耳にささやく。

くすぐったそうにはにかみながら、懐《ふところ》の紙入れから手代にお代を払っている姉を見て、桃の胸は重くなった。

いくつ買ったのか、持ち重りする饅頭の包みを桃が持ち、表に待たせていた彦作とまた家路についたのだが、伊勢町河岸通りまで戻ってきたときには、胸のもやもやはどうにも抑えきれず、桃の足はそこでとまってしまった。

里久の背がどんどん離れてゆく。その背に向かって桃はとうとう、

「ごめんなさい」

と謝った。

振り返った里久と彦作は、道で頭を下げている桃を見てびっくりだ。

「どうしたんだい」

と、ふたりはあわてて桃のところまで引き返してきた。

「違うのよ、そうじゃないのよ。わたしがご隠居さまのところへ一緒に行くと言ったのは、姉さんのためだけじゃないのよ」

桃は告白した。

「姉さんと一緒に行くことを口実にして、わたし、お三味線《しゃみせん》のお稽古《けいこ》を休んだの。休みたかったのっ」

父親や番頭に真剣に頼む里久を見て、一緒に行くと言ったのは、たしかに姉のために出た言葉だった。が、頭のどこかで、これで稽古に行かずにすむ――そう桃が思ったのも事実だった。

「ずるいわね。ごめんなさい」

桃は再び謝って、うつむいた。

「ねえ桃、どうして休みたかったんだい？　だって桃はわたしみたいにお稽古が嫌いなわけじゃないだろ」

里久は不思議そうに桃の顔を見つめている。

彦作も「そうじゃのう」と遠慮げに相槌《あいづち》をうつ。

「それは……」

桃はさっきの隠居の言葉を思い出した。

――おまえさんはわしとは違う。ひとりじゃない。ほら、あの姉さんがいるんだから。

ぎゅっと引き結んだ桃の唇がほどけてゆく。

「実は――」

桃は付け文《ぶみ》のことを話した。ずっと嫌だったのだと。欲しくないのだと。

「誰かにどこかで見られていると思うと、ましてや好いているなんて書かれても気味が悪くて……でもそんなこと言ったら、きれいだからっていい気になって、鼻持ちならない高慢ちきな娘だって、きっとそう思われてしまうから……だけどわたしは、嫌なのよ」

桃は包み隠さず正直な気持ちを打ち明けた。

「そうだったのかい。わたしなんて、うらやましいぐらいに思っていたよ。でも人に好かれるのもうれしいばかりとは限らないんだね」

里久がしみじみ言ったときである。

彦作がすっと桃を背にかばった。

「お嬢さん、それはあの男ですかいのう」

桃は彦作の眇《すが》めた目線を追って道の先を見た。

「丸藤」への曲がり角に男がひとり立っているのがわかった。油問屋の看板の柱に隠れて、「丸藤」のほうをうかがっているように見える。

「三味線の稽古日なのに、いつもの道を通らない桃を探しているのかもしれないよ」

里久はそう言ったが、彦作の背中ごしに目を凝《こ》らしても、桃にはその男が付け文の男かどうかわからない。

「よし、わたしが確かめてやる」

「姉さんやめて」

「大丈夫さ」

男に向かっていこうとする里久を、彦作が「里久お嬢さん」と押しとどめた。

「どれ、わしが行って訊いてこようかのう。お嬢さんたちはあそこで待っていてくださらんかのう」

彦作は道の端《はし》の積み荷の陰を指さすと、ゆっくり男に近づいていった。

里久に手を引かれ、桃は積み荷の陰に身を寄せた。里久が桃を隠すように抱きしめてくる。その力の強さに、桃が抱えている饅頭の包みがつぶれる。

「桃、桃が困っていたのに気づいてあげられなくてごめんよ」

「姉さん……」

「あっ、ほら」

里久が道の先を見た。桃も陰からそうっと覗いた。男に近づいた彦作が、うしろから男の肩をぽん、と叩いた。わっと男が驚いて、手許からなにかを落とした。白い結び文だ。どうやら付け文に間違いない。

彦作は逃げようとする男の腕をむんずと摑《つか》み、拾った文を男の懐へねじこんだ。男に顔を近づけ、なにやら言っている。その彦作の眼《まなこ》が鋭くぎらりと光ったように見え、桃と里久は互いに顔を見合わせた。

男はどこかへ走り去り、戻ってきた彦作は、いつもの穏やかな彦作だった。

「もう付け文はせんと約束しましたでのう」

ご安心をと、彦作は頰《ほお》に長く深い皺をつくりほほ笑んだ。

「だども桃お嬢さん。困ったことがあれば、おひとりで抱えこまず、この彦爺に言ってくだされ。たいしたことはできんが、こんなことならお役にたてるでのう」

「そうだよ。わたしにも言っておくれ。もっと頼っておくれよ。わたしだって桃を困らせるやつをとっちめることくらいできるんだから」

里久は芋の包みを持ったまま両腕をぐるぐる回す。

「ありがとう姉さん。ありがとう彦爺」

桃は体がふっと軽くなるのを感じた。

弱さを見せるのはわるいことじゃない。頼れるひとがいてくれる。それがこんなにも心地よいものかと、桃は改めて知る。

「それにさ、桃は周りに気をつかいすぎなんだよ。さっきのように桃の気持ちをもっと話しておくれよ」

「だども里久お嬢さんははっきり言いすぎじゃよ。わしは鏡を磨いていて、いつもはらはらしどおしじゃ」

そう？　ととぼける里久に、桃も彦作も声をあげて笑った。

「今日もいい一日だねえ。ご隠居さまだって、あんなに喜んでくれたしね」

しかし、笑ってばかりはいられなかった。

はしゃぐ里久のうしろに、

「誰が喜んでくれたですって」

手代頭の惣介が立っていた。

「丸藤」の長暖簾が風でたなびいて、土間に夕陽が射しこんだ。

手代頭の惣介は、店の小座敷で番頭に詰め寄っていた。隠居にびらびら簪を売ったことを知って、怒り心頭だ。

「わたしのご隠居さまへの判断は間違っていないと、番頭さんだっておっしゃったじゃありませんか」

「ええ、そのとおりですよ」

番頭もまさか売ってくるとは思っておらず、困惑している。

「惣介、ごめんよ。わたしが約束を破ったんだよ」

このとおりだよと頭を下げる里久に、惣介はぐっと押し黙る。

桃は幼いころから惣介を知っているが、こんなに怒った惣介を見るのははじめてだった。なんと言葉をかけてよいやらわからず、座敷の敷居ぎわでただはらはらするばかりだ。

桃の目の端に霰地《あられじ》の利休《りきゅう》白茶の裾が映り、

「どうしたんだい」

と父親の藤兵衛が入ってきた。

「ああ、旦那さま、じつは——」

番頭が事情を告げると、藤兵衛は「ほう、それはそれは」とおもしろがった。

「なにもおもしろくなんてございません」

惣介は腰を浮かし、膝に置いた両の手をぐっと拳《こぶし》に握った。しかし見上げた藤兵衛と目が合えば、いたたまれなくなったのか、

「失礼します」

と辞儀をして小座敷から出ていった。

「お父っつぁま、約束を破ってごめんなさい。番頭さんもごめんなさい」

里久はうなだれて、か細い声で言う。

藤兵衛は、しゅんとしている里久の前に膝を折り、「なぁ、里久」と娘の名を呼んだ。

「おまえはご隠居さまに簪をお売りしたことを後悔しているのかい？」

「していないっ」

里久はきっぱり断言した。

「そうかい。だったら惣介とよくよく話すことだ」

うなずいた里久が廊下を走っていく。桃も柱づたいに立ちあがり、里久の後を追った。

里久の声が中庭にある蔵のあたりから聞こえてきて、桃は廊下をすすみ、庭が見渡せる場所までいった。

惣介は、蔵のそばにある楓《かえで》の木の下に立っていた。

藍木綿《あいもめん》のお仕着せに夕陽の茜色《あかねいろ》が重なり、惣介の背をほんのり紫色に染めている。

「惣介に相談もせずに行ったのはわるかったよ」

里久が少し離れた蔵の陰に立ち、背を向けたままの惣介に謝っている。

「見てもらうだけっていう約束を破ったのも謝る。でもご隠居さまによく似合っていたんだ。本当だよ……ねえ惣介、こっちを向いておくれよ」

だが里久がどんなに頼んでも、惣介は振り返りもせず、黙ったままだ。

自分の商いのやり方を、もっと言えばお客をきれいにしてきた自負を踏みにじられたと思っているのかもしれない。背中や握り締めたままの拳から、惣介の怒りと悲しみが桃にはうかがえた。

桃は沓《くつぬ》脱ぎ石の庭下駄に足を置き、姉のそばへいった。

下駄の歯が玉砂利を踏む音で里久はこっちに気づき、「桃ぉ」と情けない声を出す。

快活な姉が涙目になっている。里久も惣介から滲《にじ》み出ているものを感じとっているようだ。隠居によかれと思ってしたことが、惣介を傷つけてしまった。そのこともこの姉はわかっている。

でも姉にそうさせたのは――。

「惣介、ご隠居さまに簪をおすすめしたのは、わたしもなのよ。いいえ、わたしだわ。ご隠居さまの髪に簪を挿してさしあげたのは、わたしなんですもの」

振り返った惣介は呆然《ぼうぜん》だ。

「どうして……桃お嬢さんはおわかりくださっていると思うておりました。わたしの商いに対する志《こころざし》も、お客さまをきれいにしてさしあげたいという気持ちも。よい品をふさわしいお客さまへお届けするため、日々、わたしが心をくだいて勤めてきたことも」

惣介の体は小刻みに震えていた。

「ええ、わかるわ。だってわたしは幼いころから惣介を見てきたんですもの。おしゃれのしかたも惣介からたくさん教わった。だから惣介の気持ちはわかるわ」

「でしたらどうしてっ」

「……惣介、わたしね、人からきれいだって言われるわ。そりゃそうよ、だって物心ついたときからずっときれいでいようと心がけてきたんですもの。でもそれは、『丸藤』のためよ。どこに行っても、なにをやっても、『ほら、あれが丸藤の娘さんだよ』って言われてしまうんだもの。だから店に恥をかかせないようにきれいでいよう、ううん、きれいでいなきゃって。身も化粧も所作《しょさ》も、なにもかも。でもね、これってけっこう疲れることなのよ」

「桃ぉ」

里久の目がますます潤む。そんな姉に、桃はさすが伊勢町小町《こまち》と呼ばれる微笑《ほほえみ》を返した。

「それに惣介、安心して。ご隠居さまは、惣介が思っているような気まぐれで、びらびら簪を欲しがったんじゃないわ。ご自身のことをよくわかっておいでよ。あれは、娘だったころのご自分のためにお求めになったのよ。言ってみれば贈り物だわ」

「娘のころのご自分への贈り物……でございますか」

そう、そのとおりよ、と桃は惣介にうなずき、まだ腑《ふ》に落ちない惣介と、ぽかんとしている姉の里久に、隠居の昔語りを話して聞かせた。

「そうか、そういうことかい。ねえ惣介、本当にびらびら簪を挿したご隠居さまは、すっごくきれいだったんだよ」

話を聞き終えた里久の表情もきらきらだ。

「本当よ。それにね惣介、自分のためや誰かのために簪を挿せるなんて、幸せなことだとは思わない？」

桃は、許婚《いいなずけ》が喜んでくれるかしらと心配していたお園のことを思い出す。

「似合うことはもちろん大切だわ。でもそれよりも、もっと大事なことがあるんだわ、きっと」

里久がぽんっと手を叩いた。

「桃、わかったよ、それはね、女心だよ」

里久は「うん、きっとそうだ」と自分の言ったことに大いに納得し、鼻高々だ。

「やだ、姉さんが女心ですって」

里久からいちばん遠くにあるような言葉を姉が口にしたものだから、桃はおかしくてたまらない。

惣介も一文字に結んでいた口許をだんだんとほころばせた。我慢しきれず、ぐふっと笑う。その手はもう拳を握っていない。

そんなふたりを見て、「なんだよもう」と里久はふくれっ面《つら》だ。

「姉さんごめんなさい。そうね、きっとそうね」

くすくす笑い合う娘たちの横で、惣介は目をつぶり、痛そうに顔を歪《ゆが》めた。

「女心ですか。わたしはこれまで品物も思いも、押しつけていたんですね。あのご隠居さまの女心まで傷つけて、そんなだから、あいつの気持ちも知らずに泣かせちまった……あいつが会ってくれないのも当然だ」

わたしは最低な野郎ですよ、と惣介は顔を覆《おお》った。

そんな惣介にとまどい、桃と里久はそっと目を見交わした。

その夜、店が終わった後の「丸藤」の奉公人部屋では、いつものように長吉が算盤《そろばん》の手習いをしていた。しかし教えている手代の吉蔵は天神机《てんじんづくえ》に頰杖《ほおづえ》をつき、さっきからため息ばかりだ。

「今ごろ手代頭さんは、ひとりでおいしいお酒を呑《の》んでいるよ。いいなぁ。ねえ、わたしを誘ってくれてもいいと思わないかい」

番頭や手代頭にもなれば、夜にときどき縄暖簾《なわのれん》に行くことは許される。

この夜惣介は、あるじの藤兵衛に許しを得て、外へ出かけていた。

「でもそのかわり、お饅頭をくれたじゃないですか」

里久が土産に買ってきてくれた塩饅頭である。

「どっちかっていうと、わたしは甘いものよりお酒のほうがいいんだよ。それにこんなぺしゃんこの饅頭なんて」

手代は皿の饅頭をひょいとつまんでぱくついた。

「まあ、味はいいよ」

「あ、わたしの分も残しておいてくださいよ」

「長吉、早く食べたきゃ、さっさと勘定《かんじょう》をしておしまい」

そんなふうに手代にうらやましがられていた惣介だったが、しかし惣介のいるのは酒場ではなく、「丸藤」にほど近い、浮世小路にある料理茶屋の前だった。

茶屋の提灯《ちょうちん》が灯《とも》るだけの暗い路地に、黒板塀《くろいたべい》にもたれるようにして、惣介はもう一刻近く佇《たたず》んでいる。

突然茶屋の門前がにぎやかになり、酒に酔ってご機嫌な旦那衆が表に出てきた。芸者衆に見送られ、それぞれ提灯を手に帰っていく。

客も消え、芸者衆も中へ引っこんだ後には、仲居がひとり小腰をかがめ、掛け行灯《あんどん》の蠟《ろう》燭《そく》をたしかめていた。その女を惣介は「お鈴《すず》っ」と呼んだ。

女は黒板塀からぬっと現れた黒い影に、ぎくりとしたが、

「お鈴、わたしだよ」

下弦に近づいた月のぼんやりした明かりに、影が惣介だと知れると、女は強張《こわば》った体からほっと力を抜いた。が、すぐに険しい顔つきになって、踵《きびす》を返した。

そのまま中へ入っていこうとする女の細い手首を、そうはさせじと惣介は摑んだ。

「逃げないでおくれ」

「お離しくださいまし」

互いに好きあった仲だった。しかしそっぽを向いたお鈴の他人行儀な物言いに、惣介の胸はずきりと痛んだ。

だがそうなったのも、すべて自分のせいだった。

話は先月の藪入《やぶい》りの日にまで遡る。

奉公人にとっては年に二度しかない貴重な休みのうちの一日だ。

惣介はお鈴と連れ立って浅草寺《せんそうじ》に参ろうと約束していた。

待ち合わせの雷門《かみなりもん》近くの高札場《こうさつば》の前で、惣介はその日一日の段取りをおさらいしていた。

まずは参道の見世を冷やかしながらお参りをし、奥山《おくやま》でひとつかふたつ見世物か芝居を

観《み》て、あとは門前まで戻って、どこかの料理屋で飯にしよう。そうこうするうち、道の向こうからお鈴が息せき切ってやってきた。あちらも惣介に気づいて手をふっている。こっちも手をふりかえせば、顔はおのずとほころんだ。しかし、お鈴が近づけば近づくほど、惣介の笑顔は曇《くも》っていった。

お鈴は派手ということだけはわかる花の簪を挿していた。鎖が細く長く何連も垂れ下がっていて、走るお鈴の顔の前でじゃらじゃらと揺れていた。ひと目で安物とわかる簪だ。

「待った？」と目の前に立ったお鈴に、惣介が最初にかけた言葉は、久しぶり、でも、会いたかったよ、でもなかった。

「そんな品《ひん》のないものをよくつけていられるね」

走ってきたせいばかりじゃなく、会えた喜びに上気していたお鈴の顔が、すうっと青ざめていったことに惣介は気づかない。それよりも、おまえの相手は「丸藤」で手代頭をしている男だよ。なのによくもそんな簪を挿せたものだと、怒りのほうが惣介の体を占めていた。

「お参りの前にどこかで見つくろってあげるよ。ここいらだって売ってる品は安物だろうけど、それよりはましなものがあるだろうよ」

さあ行こうと参道へ踏み出した惣介に、お鈴はついてこなかった。

「どうしたんだい」

振り返った惣介に、お鈴はなにも言わず、髪から簪を毟《むし》り取り、そのまま背を向けて雑踏の中へ消えていった。

ひとりで浅草《あさくさ》見物もばからしく、両国橋まで戻ってきた惣介は、勝手に帰ってしまったお鈴への悪態を大川の流れにぶつけていた。そこへ里久と長吉がやってきた。一緒に天ぷらを食べようと誘われたが、とてもそんな気にはなれなかった。

あれから外回りの途中で何度か料理茶屋を訪ね、お鈴を呼び出そうとした。だがそのたびに、「会いたくないってよ」と下足番の爺《じい》さんがニヤニヤしながら伝えにくるばかりだった。

手首を握った惣介の手に、お鈴の温《ぬく》もりがじんわりと伝わってくる。

きっとお鈴はわたしと会う日のために、わたしのために、自分が買える精いっぱいの中から、あの簪を選んだのだろう。

慎重な女だ。あれこれ悩んだりもしただろう。

一見、寂しそうに見える面差《おもざ》しを少しでも華やかにしようと思っての、あの簪だったのかもしれない。

女心だよ――。

惣介の耳に里久の声が聞こえてくる。

そうだよ。なのに、わたしはなんとむごいことを言ったものか。

己の発した言葉の棘《とげ》と非情さがどれほどのものか、いまさらながら気づく。

「あの簪は？」

「そんなものとっくに捨てちまいましたよ」

「捨てた――」

「もういいでしょ。まだ仕事が残っているんですよ」

だから離して、と抗《あらが》うお鈴を、惣介は強引に、だがしっかりと抱きしめた。

「なにするんです、人を呼びますよ」

「お鈴、わたしが悪かった。おまえにあんなひどいことを言って、すまなかった」

惣介の声が湿ってゆく。

お鈴の鬢《びん》の香りが懐かしく、胸が熱くなる。

「なにをいまさら……ちょっと、泣いていなさるんですか」

お鈴がうろたえている。

そうやっていつも人のことを気にかけて、いつも笑顔で励まして……なのにわたしはお鈴のためになにをした。

「ああ、自分が大馬鹿すぎて泣けてくる」

「……ねえ」

耳元にお鈴の熱い息がかかる。

「もういちど、言ってくださいな、悪かったって」

「ああ、わたしが悪かった。大馬鹿者だ」

「もういちど」

「きれいだったよ、お鈴」

「嘘《うそ》ばっかり」

「本当だ。わたしの目が節穴《ふしあな》だったんだ」

「あの『丸藤』の手代頭さんの目がですか」

「ああ、節穴も節穴、なんにも見えちゃあいなかった」

お鈴、と惣介は抱きしめた腕に力をこめる。

「許しておくれ。わたしのそばにいておくれ。頼む、頼むよ」


後日の「丸藤」である。

惣介が相手をしている客は、霊岸島《れいがんじま》の酒問屋の内儀だった。

櫛《くし》を買いにきて、ずらりと並べられた櫛の中から悩みに悩んだ末に、どうにかふたつにまで絞ったのだが、そのふたつのうちのどちらにしようかで、また悩んでいた。鏡を手に、こっちか、やっぱりこっちかと、髪につけたり外したりしている。

「ねえ、手代頭さんはどっちがいいと思いなさる？」

「そうですねぇ、どちらもよくお似合いではございますが……。お客さまはどちらがよりお好みでございますか？」

　里久と番頭はおや、と惣介に目をやった。

　今までなら、「こちらになさいまし」と惣介自身が決めていた。

　ほかの客に出ていた手代も、振る舞い茶を出していた長吉も、鏡を磨いていた彦作までもが惣介を見やる。帳場で大福帳を捲《めく》っていたあるじの藤兵衛だけが、帳面に目を落としたままふっとほほ笑んでいる。

「そうねぇ、どっちかしらねぇ」

　客はまだ悩みつづける。そんな客に惣介はひと言、ふた言、助言しながら穏やかに見守っている。

　そこへ桃が内暖簾から顔を出し、

「お父っつぁま、お願いしていたことなんだけど、いいかしら」

　と店の土間に誰かを探すしぐさをした。

「ああ、お稽古のお供を彦作にって話だね。彦作、いいかね」

「へえ、もちろんで」

　彦作が桃に何度もうなずき立ちあがった。桃はうなずき返し彦作と出かけてゆく。

惣介の客が「決めた、こっちにするわ」と高ぶった声で言った。

店の長暖簾を割って新たに客が入ってきた。

「ようおいでくださいました」

里久はふたり連れの客に三つ指ついて挨拶する。

「紅《べに》と評判の洗《あら》い粉《こ》が欲しいのだけど」

「わたしは白粉《おしろい》を。ねぇ、肩掛けを選べるんでしょ」

里久はにっこり笑う。

「ありがとうございます。ささ、こちらへどうぞ」

「ふふ、なんだかうきうきするわね」

「ほんとねー」

おいでなさいませ、と長吉が振る舞い茶を運んでくる。

藤兵衛と番頭が満足そうにうなずいている。

秋の空のもと、今日も「丸藤」は繁盛《はんじょう》だ。

第五章　妹の縁談

あるじ部屋には明かり取りの丸い火灯窓《かとうまど》がある。須万は窓の障子を少しばかり開け、そこから見える、奥庭というにははばかられる坪庭《つぼにわ》を眺めた。そこには赤い小菊がまだいく輪か咲き残っていて、木枯らしに吹かれていた。

「ああ、やっと出せたねえ」

うしろで火鉢に手を焙《あぶ》っていた藤兵衛が、ほっとした声をだした。

須万は返事のかわりに障子を閉め、藤兵衛の向かいに座ると火鉢に炭をたした。

今日は十月四日。この月はじめての亥《い》の日である。

この日を玄猪《げんちょ》と呼び、武家では玄猪の餅《もち》を、町屋では牡丹餅《ぼたもち》を食し、無病息災を祈り、子孫繁栄を祝う日とされている。また炉開きといって、こたつや火鉢を出す日でもあった。

風習として武家は初亥の日に、町家は次の亥の日を待って、と分ける慣《なら》わしもあるのだが、

「丸藤」では初亥の日に跡取りが生まれたとかで、むかしから祝いも火入れもこの日にしていた。

とくに今年は閏《うるう》の月が入ったことで、十月といってもすでに小雪を迎えており、水辺には薄氷が張りはじめている。待ちに待った火入れであった。

「桃にそろそろ着替えをするよう言ってやらないと」

須万は腰を浮かせた。

「おや、どこか行くのかい」

「ほら、今日は桃のお茶のお師匠さんところの茶会で」

茶の湯の世界でもこの日は風炉《ふうろ》をしまい、地炉《じろ》を開く。

また新茶の壺《つぼ》の口切りの茶会もあり、「茶人正月」と呼ばれる大事な月である。

桃の茶の師匠は、初亥の日に炉開きもかねた口切りの茶会を催し、桃はその手伝いに駆りだされるのだ。

「そりゃご苦労だね」

「毎年のことですから。いま、里久と一緒に牡丹餅をつくっていますよ」

つくるといっても、民があんこや餅を用意し、ふたりはそれを丸めて形づくるだけなのだが。

そうかい、とうれしそうな藤兵衛とは反対に、須万は表情《かお》を曇《くも》らせた。

そんな須万に気づいて、藤兵衛はどうしたんだい、と問うてくる。

須万は、浮かした腰をまた据えた。

「里久ですけど、昨日の夕方、小豆《あずき》を水に浸《ひた》している桶《おけ》を眺めながら言ったんです」

――わたし、牡丹餅をつくるのはじめてだよ。

ちょうど民とともに、糯《もちごめ》や砂糖を用意していた須万は驚いた。

「品川では玄猪の祝いはしなかったのかいって訊《き》いたら、あの娘《こ》、毎度の飯の仕度《したく》で精いっぱいだったって」

義妹《いもうと》の嫁ぎ先は、漁師の網元《あみもと》だ。飯の仕度も家の者の分だけとはいかないだろう。それに義妹の看病もあったのだから、牡丹餅どころではなかったに違いない。

「かわいそうなことをしましたよ」

こうやって後悔するのはいく度めかと、須万の胸は重くなる。

「そう自分を責めなさんな。先月の菊の節句だって、みんなで祝ったじゃないか」

九月九日の重陽《ちょうよう》の節句は、長寿を願う。菊酒を飲んだり、前の晩から菊の花に綿《わた》を被《かぶ》せ、節句の当日に夜露《よつゆ》を含んだその綿で体をふいて清める風習がある。

「丸藤」でも中庭の一角に菊を植えていて、須万は菊に被せておいた綿で、里久の体を清めてやった。里久は楓《かえで》の落ち葉が浮かんだ水鉢《みずばち》にも綿の夜露をたらしてやり、泳いでいる金魚に向かって、長生きしろよと声をかけていた。

「これからだっていろいろしてやれるんだ」

藤兵衛は、火鉢にかざしている須万の指先にふれた。

これから、という言葉に須万はなぐさめられる。

「ところで、お師匠さんのところには里久も行くのかい」

「まさか、そんなことをしたら、牡丹餅を持ったまま、あの娘は逃げだしてしまいますよ」

須万の青眉がついっと上がる。

わはは、と藤兵衛は朗笑する。

須万はそんな藤兵衛をしみじみと眺めた。落ち着いた優しい気性。聡明《そうめい》で澄んだ瞳《ひとみ》は、不惑《ふわく》を三つばかり過ぎたいまも、若かったころと変わらない。

火鉢の熾《おこ》った炭がピン、ピン、とよい音で鳴った。

「どれ、桃に声をかけにいく前に、わたしもおまえさまにおいしいお茶をさしあげましょうかね」

須万は重ねた藤兵衛の手をぽん、と叩《たた》いて、傍《かたわ》らの茶の道具を引き寄せた。

桃はあんこを手のひらの上で平たく広げ、そのうえに丸めた餅をのせ、包むようにして手際よく牡丹餅をつくってゆく。

「ほら、こうするのよ」

できあがった手のひらの牡丹餅は、小ぶりでかわいらしい。

「うまいもんだなぁ」

餡《あん》で包むのに四苦八苦している里久は、感嘆《かんたん》のため息をもらす。

「毎年拵《こしら》えているんですもの。これも慣れよ。そのうち姉さんにだってできるわ」

姉の里久は牡丹餅をつくったことがない。その事情を、桃は昨夜《ゆうべ》のうちに母の須万から聞いていた。

だからおまえが教えてやっておくれ、と須万に頼まれている。民も承知しているようで、

「そうでございますよ、はじめからうまくできなくて当たり前でございますよ」

と、しおれている里久を励ましている。

「それよりも、食べるひとの無病息災を祈ってつくることのほうが大事でございます」

「そうだよね、形は二の次だね」

里久はにっと笑って、手の中の牡丹餅をまた一生懸命丸める。

ごとりと音がして台所の勝手口が開いた。

「おっ、やってるな」

と顔を覗《のぞ》かせたのは、米問屋「大和屋《やまとや》」の次男坊、耕之助《こうのすけ》だ。

とたんに桃の心《しん》の臓は速く打ち、頰《ほお》はぽうっと上気する。

「あー、ここは暖《あった》けえなぁ」

川風がきつかったのか、中へ入ってきた耕之助の髪はそそけ、鼻は寒さで赤らんでいる。

「朝からなんだい、仕事はどうした」

耕之助が油を売りに来たとでも思ったのだろう、里久は咎《とが》めるような口ぶりだ。

「行くよ。けど、おまえは知らねえだろうが、おれは毎年ここで牡丹餅をご馳走《ちそう》になっているんだよ」

里久が本当なのかい、と桃に視線で問いかける。桃はそうよ、と小さくうなずく。

「そうかい。でも耕之助の家でだって牡丹餅を拵えるだろ。なにもわざわざ他人家《ひとんち》で食べなくってもさ。ねえ、桃」

「だってよお……」

耕之助はちょっと口ごもったが、

「いいだろ、けちけちすんなよ。俺はこの日に桃ちゃんとお民さんが拵えた牡丹餅を食べるって決めて、楽しみにしてんだよ」

耕之助は、なあ桃ちゃん、といつもの明るい調子で台所の板間に上がりこみ、里久と桃の間にどかりと座った。が、すぐに、

「おい里久、なんだそれ」

里久の手のひらのものを見て、素《す》っ頓狂《とんきょう》な声をだした。

里久がさっきから丸めている牡丹餅だ。大人の拳《こぶし》ほどもあり、あんこもたっぷり、といえば聞こえはいいが、

「まるで泥だんごみてえだな」

まさに言いえて妙で、桃も民もぷっと噴いた。

「いいんだよ、長吉につくってやっているんだから。なんたって食べざかりだからね」

そこへ当の長吉が、「いかがです?」と台所へ入ってきた。

どうやら牡丹餅が気になってしようがないらしい。

「ほら、長吉の牡丹餅だよ」

里久は、手のひらの牡丹餅を長吉に見せてやる。

「うわぁー、でっかいですねぇ。こりゃあうまそうだ」

お愛想ではなく、長吉は大喜びだ。

「だろぉ。長吉が元気で奉公に励めますようにって、うんとお祈りもしといたからね」

里久も満足げに鼻の穴をふくらませる。

「おまえらねぇ」

と耕之助は呆《あき》れ顔だ。

「ではお嬢さん、今日はこれを楽しみにがんばります」

お嬢さんは牡丹餅づくりに精を出してくださいましと言って、長吉はうきうきと店へ戻

っていった。

「大きな牡丹餅に喜ぶなんざ、長吉もまだまだ子どもだねぇ」

耕之助は愉快そうに鼻を鳴らす。

民が、お嬢さん、と桃へそっと耳打ちした。

「耕之助坊っちゃんに牡丹餅をさしあげてくださいましな」

「そ、そうね」

桃はあんこのついた手を濡《ぬ》れた手拭《てぬぐ》いでふくと、耕之助のために小皿に牡丹餅を盛ってやった。

「ふたつでよかったかしら」

「ああ、ありがとよ」

耕之助は桃から手渡された皿の、小ぶりな牡丹餅に目を細める。

「これは桃ちゃんが拵えたんだろ」

「ええ、そうよ」

「里久、そら見ろ。上品とはこのことだ」

さっそく耕之助は「いただきます」と牡丹餅を頬張った。

「うんめえ」

耕之助は桃に大きくうなずいて笑う。

その笑顔に、桃の胸はうれしさでいっぱいになる。

「もうひとついかが」

「うん、いただくよ」

桃は甲斐甲斐《かいがい》しく耕之助の皿に餅をのせる。

民が茶を、そっと桃へたくした。

「耕之助さん、はいお茶」

「おっ、すまねえ」

茶をずずっとすすり、耕之助はまた牡丹餅を頬張る。

将来、耕之助さんとこんなふうに暮らせたら。他人家《ひとんち》ではなく、ふたりの家で。

耕之助の気持ちのよい食べっぷりを見ていたら、桃はついそんなことを思ってしまう。

でも――。

「おい里久、それは誰に拵えているんだ」

耕之助の眼差《まなざ》しは、新たに牡丹餅を丸めはじめた里久へと注《そそ》がれる。

「これかい、これは番頭さんにだよ」

「おまえねぇ、だったらその半分の大きさにしな。喉《のど》につまらせちまったら大ごとだぞ」

「おお、そうだね」

ふたりから目をそむけた桃を、民が見つめていた。民は困ったような顔で、やわらかく笑いかけてくる。と、民の視線が台所の入口へ動いた。桃が振り返ると、母の須万が姉妹の様子をうかがうように立っていた。

須万は桃が気づいたと知るや、「おやおや、にぎやかだこと」と明るく言って入ってきた。

「おや、耕之助さんも来てたのかい」

「おはようございます。お相伴《しょうばん》にあずかっています」

耕之助は悪びれず、須万も毎年のことなので「たんとおあがり」と迎える。

「桃、そろそろ仕度をしないといけないよ」

「えっ、桃、どっか出かけるのかい？　青物問屋のご隠居さんのところへ一緒に牡丹餅のおすそわけに行こうと思ってたのに」

「ごめんなさい、今日はお茶のお師匠さんのところのお手伝いなの。お茶会なのよ」

「うへー、桃も大変だ」

里久は顔をしかめた。

「なにがうへー、ですよ。本来なら里久も一緒に行くんだよ」

まったくおまえときたら、と須万の小言がはじまる。

「だって、あのお師匠さんは苦手だよ。格式格式ってうるさいんだもの」

須万は「これ」と里久をたしなめる。

耕之助がせっかく来ているのに、桃もまだここにいたかった。だからつい愚痴《ぐち》がでた。

「どうして毎年今日なのかしら」

町屋なのだ。炉開きも、茶会も次の亥の日でよいではないか。

「あそこはうちの理由《わけ》と違ってお武家風だから」と須万は言う。

お茶の師匠は静江《しずえ》という、年は五十の、やけに声の甲高《かんだか》い女で、十軒店《じっけんだな》の東隣の岩附《いわつき》町《ちょう》にある刀脇差《わきざし》細工を扱っているお店の内儀だった。商売柄、武家とのかかわりが濃く、そのため茶もたしなみ、本町界隈《ほんちょうかいわい》の良家の娘たちにも教えている。

「お招きのお客さまの中には、お武家のご隠居さまがたもいらっしゃるからねえ」

だから茶会も今日なのだと、須万は説明する。

「へえー、お武家も来るのかい。じゃあ桃ちゃんもお武家相手にお点前《てまえ》っていうんだっけ、そいつをするのかい」

「ええ、たぶんね」

「そりゃあすごいな」

耕之助は感心しきりだ。反対に里久は、

「考えただけでもおっかないよぅ」

わたしだったら絶対粗相《そそう》をしてしまうと、手のひらの牡丹餅ごと震えている。

「ちげぇねえや。おめぇなら、すってんころんだ」

お師匠さんは赤っ恥だ、と耕之助はさらに里久を茶化《ちゃか》す。

こんななんでもないやりとりが、桃にはうらやましくてならない。

「桃、早くおし。彦作が待ってくれているよ」

須万に急《せ》かされて、桃は名残惜しそうに台所を後にした。


茶会があった玄猪の日から三日後のことだった。

店が開いてまもなく、茶の師匠の静江が「丸藤」にやってきた。手代《てだい》に呼ばれてすぐ迎えに出た須万に、静江は機嫌がよいのか、甲高い地声をますます高くして、朝からの訪問を詫《わ》びた。

「でもね、今日は大事なお話をしにうかがいましたの。ご主人さまにもご同席していただきたくて、ああ、もちろん桃さんにもね」

ですからこんな早くにまいりましたのよと、静江は言いわけした。

須万は下の娘の名が出て、ある種の予感を覚えた。

静江を迎えたとき、店の小座敷で花を活《い》けていた里久に、「お茶をお出ししておくれ」と頼んでしまったことを後悔した。

民に呼びにやらせた桃が静江を通した座敷にやってきて、なにごとかと不安そうな視線を須万へ送った。須万はとにかくこっちへきて早くお座り、と目顔で答える。桃は静江に

「おいでなさいまし」と三つ指ついて挨拶《あいさつ》し、素直に須万の傍らへ控えた。

ついで藤兵衛がやってきて、静江は再度急な訪問の詫びと、先日の茶会での手伝いの礼をあるじの藤兵衛へ述べた。

「いつもあてにしてしまって」

なんせ桃さんは筋がまことによろしくって、と静江は桃を思いきり持ちあげる。

藤兵衛も日ごろの礼を述べ、

「お役にたてているのなら、うれしいかぎりです」

と誇らしげに胸をそらせた。

そこへ「失礼いたします」と里久が茶を運んできた。「いらっしゃいまし」と静江に手をついて挨拶する。

「まあ里久さん、とんとご無沙汰《ぶさた》でございますわね。こちらはいつでもお稽古《けいこ》に来てくださってよろしゅうございますのに」

静江はちくりと嫌みを言う。そして、えへへ、と愛想笑いをしながら茶と菓子を出す里久に呆れながらも、「ところで今日うかがいましたのはね」と居住まいを正して本題にはいった。

「本日は桃さんに縁談をお持ちいたしましたの」

それを聞いた里久は、

「ええっ、桃に縁談！」

と驚いて、ばっと立ちあがった。その拍子《ひょうし》にせっかく出した茶を蹴飛《けと》ばしてしまい、茶《ちゃ》碗《わん》が畳を転がった。茶は派手に飛び散って静江にかかり、静江は「ひゃあ」と悲鳴をあげてうしろへのけぞった。

――ああ、やはりやってしまったか。

須万はすぐに袂《たもと》から手巾《しゅきん》を取り出し、申し訳ございませんと静江の着物をふいた。

「まあったく、あなたときたら」

静江は青筋を立てて怒った。

「ご、ごめんなさい」

うろたえている里久に須万は、もういいよ、向こうにいっといでと目配せした。

しゅんとして座敷から出ていく里久に、静江はまだぶつぶつ文句を言っていたが、すぐに気を取り直して、

「で、どこまでお話ししましたっけ」

と話を引き戻した。

「そうそう、お相手でございますわね。お相手は本町二丁目の茶問屋『山岸屋《やまぎしや》』さんでございますよ」

そこの総領息子の寛治郎《かんじろう》で、年は二十三だと静江は言う。

「そろそろ嫁取りだと考えていらっしゃったところへ、ご親戚筋《しんせきすじ》の方から桃さんをすすめられたとかで、わたしの弟子《でし》ということもそのときお聞きになって、どんな娘さんかと、ご夫婦そろってうちへお見えになりましてね。そりゃあ、桃さんのことですもの。うんとお褒《ほ》めしましたわよ。そしたらあなた、だったらこの縁を取りもってくれないかと、そうおっしゃるじゃありませんか。うちは『山岸屋』さんからお茶をいただいている関係で、長いおつき合いでもございますし」

相手の寛治郎も商売熱心な若者で、申し分ないと静江は太鼓判を押す。

「ですからお引き受けしてこうしてまいりましたの。桃さんならどこへ出しても恥ずかしくないお嬢さんですし、『山岸屋』さんでしたらご両家の格もぴったり釣り合っておりますし、いいご縁談じゃあございませんか」

まくしたてるように一気に話しおえた静江に、いかがでございます、と訊かれ、須万は藤兵衛と顔を見合わせた。

藤兵衛は驚きが大きいようで、どう言ったものかと困惑している。一方、桃はと見れば、やはり同じのようで、うつむいている。

桃はともかく、藤兵衛と須万の戸惑った様子に、静江は「あら、もうすでにどこかにお決まりでございますか」と、そり落として無い眉《まゆ》を残念そうに寄せた。

「そりゃあ桃さんほどの娘さんですものねぇ」

藤兵衛は「いえいえ」と手をふる。

「そういうお相手はまだどことも」

「まあ、でしたら」

「しかし、順番からすると姉の里久からだと」

須万もええ、とうなずく。

これまでにも桃に縁談話がなかったわけではないのだが、里久がいるのを理由に、そのつど断ってきた。

「それに、そもそも桃に縁談なぞまだ早すぎるのでは。まだ十五です」

姉のほうが落ち着いてからでもと言う藤兵衛に、静江は「なにを悠長な」と目を剝《む》いた。

「縁談を持ちこまれるのは二十歳《はたち》まででございますよ。それも年々お相手の格は下がってまいります」

のんびりしすぎだと力説する。

「で、里久さんのご婚礼はいつなんでございますか」

「そのぅ、里久にしたって……まだ相手は」

言いよどむ藤兵衛に、

「なんとっ」

静江は呆れかえって口をぱくつかせた。

「あなたがた、のんびりどころか、呑気《のんき》にもほどがありますよ。それこそ里久さんの婿取《むこと》りを待っていたら、桃さんはいくつになるかわからないじゃございませんか」

それではあまりにも桃さんがかわいそうだ。もったいないと静江は嘆《なげ》く。

藤兵衛と須万は桃を見る。桃は終始じっとうつむき、黙ったままだ。

静江はよくよく考えろと再三言って帰っていった。


あるじ部屋で、須万と藤兵衛は火鉢を挟《はさ》んで向かい合った。

須万が鉄瓶《てつびん》の湯で熱い茶を淹《い》れ、藤兵衛はひとくちすすって「ほうぅ」と息をついた。

「縁談話だったとはね。驚いたよ」

目をしばたたく藤兵衛に、須万は「そうですか」と返す。

「わたしはあの方がお見えになったときからそんな話ではないかと思っておりましたよ」

「しかし桃だよ。まだ早すぎるだろ」

藤兵衛はさっき静江に言ったことをくり返す。

しかし須万は、ぜんぜん、と首をふった。

「お師匠さんのおっしゃるとおりですよ。わたしたちが呑気すぎるんです」

その証拠に、桃のお友達の中には許婚《いいなずけ》がいたり、婚儀が決まった者までちらほら出てきている。

「それにお忘れですか、わたしがここへ嫁いできたのは十六の年でしたよ。いまの桃の年には、あなたと結納《ゆいのう》を交わしてました。あなたは二十三でいらして。あら、お相手の方も二十三っておっしゃってましたわよね。じゃあ、あのころのわたしたちと同じですわね。そう……年の差もわたしたちと一緒なのね」

「でも昔と今じゃ違うさ。やはり早いよ」

ぐすぐす言う藤兵衛に、須万はふふっと笑う。

男親というものは、いつまでも娘のままでいてくれる、いてほしいと願うのだろう。

風がでてきたのか、火灯窓の向こうの小菊が、かさかさと乾いた音をさせている。

霜《しも》にあたり、そろそろ立ち枯れてきたのだろう。

須万はその音に耳を傾けながら、藤兵衛と会ったはるか昔に思いを馳《は》せた。

須万は京橋《きょうばし》を南に渡ったすぐの、新両替町《しんりょうがえちょう》にある小間物問屋「えびや」の長女だった。弟がひとりいて、今はその弟が店の跡を継いでいる。

「丸藤」と「えびや」は、最初は単なる商《あきな》いの知り合いにすぎなかったのだが、ひょんなことから父親同士が将棋好きと知れ、それから親しくつき合うようになった。

互いに息子と娘がいることもわかると、だったら許婚にしようと話がまとまったという、なんともそのときの勢いで結ばれた縁だった。

須万は、まだ手習い所に通っていた幼いころ、ときどき父親に連れられてやってくる藤兵衛を、障子ごしに覗き見た記憶があった。

藤兵衛もまだ前髪の残る子どもであったが、須万とは年が八つ違い、膝《ひざ》をそろえ、細い体をすっと伸ばして座る姿は、須万からすればずいぶんと大人で、とても利発そうに見えた。

藤兵衛は父親や番頭から商いのことをぼちぼち教わりはじめているところで、「えびや」に来るのもその一連であった。なのに当の父親たちは、寄れば商いもそこそこに、すぐに将棋をはじめてしまう。それを飽きもせずそばで静かに眺めている。藤兵衛はそういう少年だった。

そんな藤兵衛も一度だけ将棋見物に飽きてしまったことがあった。

「なにをしているの」

須万が庭で茣蓙《ござ》を敷き、枯れた菊の花で、ひとりでおままごとをしていたときだった。うしろで声がし、振り返れば藤兵衛が立っていた。

「将棋の決着がなかなかつかなくってね。大人があんなに真剣になるなんてね」

おかしいよね、と藤兵衛は言って、うんと両腕を空へ向けて伸びをした。

「それはなんだい」

須万の手には、赤い菊の花びらを盛った皿があった。

「お赤飯なの」

突然現れた藤兵衛に、須万はそれだけ言うのが精いっぱいだった。

「へえー、おままごとかい」

藤兵衛はにっこり笑う。

「それにしてもすごいお庭だね、菊でいっぱいだ」

須万の家の庭には菊ばかりが何種類も植わっていた。色とりどりの小菊に大菊。菊畑といってもいいほどだ。須万の祖母が好きで育てているもので、須万も霜よけに莚《むしろ》の屋根で覆《おお》うなど、手入れを手伝っていた。季節はちょうど秋。菊の盛りを迎えていて、あたり一面に芳香が漂っていた。

「座敷にいてもよい香りがすると思ったら、これだったんだね」

藤兵衛はそのまま菊を眺めだした。

藤兵衛とはじめてまともに顔を合わせ、須万は恥ずかしくてたまらなかった。が、祖母に日ごろから「お客さまには粗相のないようにしないといけないよ」と言われているものだから、幼いながらこのまま黙っているのも失礼に思え、だから須万は、祖母が庭を訪れる客に必ず言う台詞《せりふ》を藤兵衛に向かって口にした。

「よかったらお花をさしあげましょうか」

でもすぐに須万は後悔した。

きっと男の子は花をもらっても困るだけだ。現に弟など菊には見向きもしない。それどころか、花びらをむしったりして祖母に叱《しか》られている。

しかし藤兵衛は喜んだ。

「いいのかい、うれしいなあ。うちはもっぱら花は買うばかりでね。母は植えてもすぐに枯らしてしまうんだ。妹はそもそも花に興味はないらしい」

ではこの前の九日にあった重陽の節句はどうしたんだろうと須万は思った。

須万の家では前の晩から菊の花に真綿を被せ、翌朝、綿で体をふき、長寿を願う慣《なら》わしを毎年やっている。それを藤兵衛に話すと、

「へえー、うちはせいぜい菊酒を飲むぐらいだよ。それも買ってきてね」

風流だね、と藤兵衛は感心し、ほんとうにもらってもいいの、と須万に問うた。

「ええ、どれでも好きなのをどうぞ」

祖母の花鋏《はなばさみ》を持ってきて、須万はきれいな花を選《よ》ってぱちんぱちんと切っていった。

許婚だといわれても、まだぴんとこない須万だったが、このときの須万は藤兵衛にたくさんの菊をあげたかった。

それからもときどき父親同士が将棋をさす座敷に、藤兵衛の姿を見かけたが、須万はあれやこれやとお稽古ごとで忙しい毎日を送るようになり、いつのまにか藤兵衛も「えびや」に顔を出すことはなくなった。ときたま父親の話の中にぽろりと出てくるぐらいで、

番頭に商いをみっちり仕込まれていることだけはわかった。

はじめてふたりきりで会ったのは、それからずいぶんたって、結納も無事交わし終えた、藤兵衛二十三、須万十五の、これも季節は秋だった。

藤兵衛から、麻布《あざぶ》の狸穴《まみあな》に菊を観《み》に行かないかと誘いを受けたのだ。

狸穴は菊をつくっている植木屋が多く、菊畑のほかに大輪の菊で船や鶴の細工なども拵《こしら》えていて、江戸中《なか》から訪れる者も多かった。

婚儀は来年の春と決まったことだしと、両親は行っておいでと藤兵衛との遠出を許し、当日、藤兵衛は駕籠《かご》を連ねて迎えにきた。

久しぶりに見る藤兵衛は、当たり前だが前髪のころとはすっかり様変わりしていた。細かった体は逞《たくま》しくなり、そこへ商人としての自信も加わって、どこから見ても大店《おおだな》の若旦那だった。

両親への挨拶を終えた藤兵衛が、「久しぶりだね」とほほ笑みを向けてきたとき、須万は気が動転してなにを言ってよいかわからず、ただただ顔を真っ赤に染めてうつむくばかりだった。

それは狸穴に着いてからも同じで、菊畑や細工物の船や虎を見物していても、須万の目に映るのは、菊の葉や自分の草履《ぞうり》と白い足袋《たび》、それに土だった。

「楽しくありませんか」

藤兵衛にそう訊かれたのは、掛け茶屋の床几《しょうぎ》で一服していたときだ。

あられ湯を飲んでいた須万は、頭《かぶり》をふった。

「うちの庭は相変わらず殺風景でね。庭石に楓と梅ぐらいなんだよ。母はいまだに育てるのが苦手でね」

須万もそれは知っていた。以前藤兵衛が話してくれた。

「妹なんて舟を漕《こ》ぐのに夢中だよ。船頭に教わって、とうとう大川まで出てしまう始末だ」

聞いたとたん、須万は飲んでいた茶にむせた。

「おっと、大丈夫かい」

「ごめんなさい、あんまりびっくりしたものだから」

大店の娘が舟を漕ぐ姿など、須万には想像できない。

藤兵衛はそりゃそうだ、とからからと笑った。

「昔からちょっと変わった妹でね。許婚も決まらず、それでも年ごろになれば縁談もちらほらきたんだけど」

しかし藤兵衛の妹は、それを片っ端から断ったという。

「これじゃあ十九で白歯《しらは》だと、両親も覚悟したんだが、網元の男が舟を漕ぐ妹を見初《みそ》めて、去年その十九で品川へ嫁にいったんだよ。今年、赤ん坊も生まれてね」

男の子だよ。かわいいんだ、と藤兵衛は顔をほころばせた。

「えびや」からも祝いをしたから、須万も藤兵衛の妹が嫁にいったことは知っていた。嫁ぎ先を父親から聞いて不思議に思っていたが、これで納得がいった。

「やっとおまえの嫁取りだと言われて、須万さんが菊を切ってくれたのを思い出してね。そしたら伊勢町の家にも菊を植えたくなったんだ。うちは日本橋だから土地が狭くて庭も広くはないが、菊を植えたらほら、前に話してくれた重陽の節句を一緒に祝えるだろ」

だから菊を選んでほしくて、今日は須万さんをここへ連れてきたんだよと、藤兵衛は穏やかに話してくれた。

「それにしてもごらんよ、見事なもんだねえ」

目の前に広がる菊畑を藤兵衛はまぶしそうに眺めた。

その眼差しは、須万の庭で菊を両手いっぱいに抱えたときの、あのうれしそうな眼差しを思い起こさせた。あのころのように物言いもやさしく、性格もおおらかだ。

「わたしが選んでいいのかしら」

「丸藤」の大事な庭に植える花だ。

「ああ、もちろんだよ。これから須万さんの家になるんだからね」

「わたしの家……」

「ああそうさ、さあ行こう」

それから須万は、藤兵衛と連れ立って菊の鉢植えを見物しながら歩いた。

「植えるなら中庭だが、あるじ部屋にも坪庭があってね、少し暗いんだが、そこにも植えたいなあ」

「なら赤い小菊はどうかしら」

「赤か……いいね。それなら暗さも和《やわ》らぐだろう。中庭は何色にする？」

「そうねぇ」

須万はいつのまにか顔を上げ、父親や弟よりも気安く藤兵衛と語り合っていた。

親が選んだ人のところへ嫁ぐ。それは別段かわったことではなく、嘆くことでもなかった。はい、と言って受け入れるのが当たり前。須万のまわりの親しい娘たちも皆そうだ。それが幸せと思ってもいる。

でもまったく不安がないといえば嘘《うそ》になる。相手はどんな人だろう。寄り添っていけるだろうか。向こうの家風に合うだろうか。舅《しゅうと》や姑《しゅうとめ》に気にいられるだろうか。嫁として認められるだろうか。いくつもの漠然《ばくぜん》とした不安や恐怖に似た怖さがあった。

しかし藤兵衛と選んだ鉢植えを眺めながら、この花たちと一緒に嫁入りするのだと思うと、須万の不安は薄らいでいった。伊勢町の家へ送る手筈《てはず》をしている藤兵衛の背中を見つめながら、このおひととならやっていける、そう須万は思えた。

そして翌年の春、須万は十六の花嫁となった。

舅姑《きゆうこ》との折り合いもよく、かわいがってもらった。とくに姑はなにをしても喜んでくれ、やっと娘の母というものを味わえたと手をとって泣いてくれた。

しかし婚儀ではじめて顔を合わせた義妹《いもうと》は、須万を見て「あなたには兄さんがぴったりだわね」と言った。

なんでも理詰めで考えがちなわたしには、ゆったり構える藤兵衛がちょうどいい、そう言いたかったのだろうと、いまの須万なら理解できる。だがあのころは、親の言いなりに嫁に来た須万への嫌みなのだと思えた。

だから十九で産んだ里久の体が弱く、五歳になったころ、とうとう医者からどこか養生に出したほうがよいと言われ、姑に品川はどうかとすすめられたときは、正直嫌だった。

「あの娘《こ》が送ってくる魚だったら里久の食もすすむじゃないか。この子にはきっとあっちの気候が合うんじゃないだろうかねえ」

義妹がときどき送ってくる干し魚を炙《あぶ》ってやると、食の細い里久もよく食べた。

この子のためだ、いつでも会える。そう説得され、三歳になった桃にも手がかかり、須万は泣く泣く里久を預けることを承知した。

たまに義妹から里久の様子を綴《つづ》った文《ふみ》が届いた。

従兄《いとこ》の太一郎《たいちろう》とも仲よくやっていること。はじめて海で泳いだこと。そろそろ手習いに通わせること。汁粉屋《しるこや》が便り屋も兼ねていて、義妹が文を出しにいくのを見つけては、汁粉食べたさに追いかけてくること。きっとこの文のときもそうだろう。

他愛ないことなのに、須万にとってはどれも信じがたいことばかりで、でも会いにゆけばすべて本当のことだとすぐにわかった。

義妹の背に隠れるようにしてこっちをうかがっている娘を見ていたら、この子にとって、わたしはもう母親ではないのかもしれない。そんなふうに思えてきた。

義妹の許《もと》で健やかに育つ里久。義妹はわたしにできなかったことを難なくやってのける。

しかし須万には桃がいた。

この子はわたしの手で「丸藤」の娘として立派に育ててみせる。

そして桃は須万の気持ちに十分に応《こた》えてくれた。

でも、と須万はこのごろ思う。

無理をさせているのではないだろうか。あれもこれもと望みすぎ、欲張りすぎたのではないだろうか。

こちらへ帰ってきた里久が、稽古を嫌がり逃げ回ったとき、須万は桃に訊いてみたことがあった。

「桃、おまえはどうなんだい。あれやこれやとお稽古三昧《ざんまい》で、嫌気がさしたりしないかえ」

桃は驚いたようにちょっと目をみはり、すぐに「しないわ」と答えた。

「だってわたしは『丸藤』の娘ですもの」

「丸藤」で縛《しば》ってしまったのはこのわたしだと須万は思う。

しかし、その「丸藤」から桃が出ていくときがたしかに近づいている。

できることならよい家を、よい相手をと、須万は願う。

「なあ、どうなんだい」

藤兵衛の声で、須万は物思いからはっと覚めた。

「え、なんです?」

「なんだ、聞いていなかったのかい。その『山岸屋』の倅《せがれ》を桃は見知っているのかい」

「ああ、そのことですか。桃は知らないと言っていましたよ」

「そうかい」

藤兵衛は少し思案するそぶりを見せた後で、ぼそりとつぶやいた。

「この縁談、よくよく考えてみればよい話かもしれないな」

須万は驚いた。

「おまえさま、さっきまだ早いとあんなにおっしゃっていたじゃありませんか」

「早いだなんだと言ったところで、いつかは嫁に出すんだ。だったら様子がすぐに知れるところがいいだろう」

「まあ、おまえさまったら」

手許に置けない娘なら、せめて少しでも近くへ嫁がせよう。そう藤兵衛は考えたらしい。

「それにな、わたしも倅は知らんが、『山岸屋』は知っている。あそこなら堅い商いで、嫁にやっても安心だ」

しかし問題は里久だなぁ、と藤兵衛は腕を組んだ。

「お師匠さんの言うのもわかるさ。わたしだって、なにがなんでも里久から嫁にとは思ってやしないさ。しかしあの娘《こ》ももう十七だ。それにここで暮らすとはっきり決めたんだ。本腰入れて婿を探さないといけないのは確かだよ」

それは須万も同じように考えていた。

江戸やここの暮らしに里久が慣れたように、須万も里久という娘に慣れてきた。やっと里久の先行きに思いを巡らす余裕もうまれた。

藤兵衛は里久の婿にと思い浮かんだ者の名を次々あげていった。

須万が知っている小間物問屋の次男坊、三男坊の名もあがり、須万は頭の中でその若者と里久を並べてみた。が、どれもしっくりこない。

「年からいくと、うちの手代頭《てだいがしら》の惣介と釣り合うんだがな……」

須万は「それはどうでしょう」と青眉を寄せた。

惣介はまぎれもない「丸藤」の自慢の奉公人だ。しかし須万が望むのは、里久を大きく包みこんでくれる殿方だ。それに惣介にしたって、商いに精を出す女房より、家を守ってくれる女房のほうがいい質《たち》だろう。互いに合う相手とは思えない。

「そのとおりだよ。それに惣介にはどうも好いた女子《おなご》がいるらしい」

「あらそうですか」

惣介のことだ。きっとしっかり者の女だろう。

藤兵衛が「おお、そうだ」とぽんと軽快に膝をうった。

「耕之助はどうだい。あれは里久とも気心が知れているし、次男坊だ。『大和屋』も婿に出してもいいと言ってくれるだろう」

しかし須万はこれも気がすすまない。

それが表情《かお》に出たのだろう。

「あれが妾腹の子だから気にいらないのかい」

と藤兵衛が声を堅くした。

「いいえ、わたしはなにも……」

「あれも不憫《ふびん》なやつなんだよ」

藤兵衛はやるせないため息をこぼした。

それは須万とてよく知っている。

幼い里久が寝込んでいるのに、やってくる耕之助を追い返さなかったのは、里久が喜ぶのももちろんあったが、耕之助が家から逃げてきていたとわかっていたからだ。まだ年端《としは》もいかぬ耕之助になにをさせているのか、袖《そで》や裾《すそ》からのぞく手足には生傷がたえなかった。よくぐれもせず、あんなにまっすぐな若者に育ったものだと須万は感心する。

あの子もたしか二十歳になった。そろそろ身の振り方を考えてやらねばならない年なのに、いつまで人足仕事をさせておくのか。「大和屋」はいったいなにを考えているのか気が知れない。

もしも耕之助が入《い》り婿《むこ》になれば「大和屋」とは親戚になるわけで、それも須万の気のすすまぬところだ。しかしいちばんの理由は、桃が耕之助を好いているということだった。なら桃を耕之助に嫁がせるかといえば、「大和屋」の両親のことを差っ引《ぴ》いても、須万はやはり気がすすまない。

将来どうなるとも知れぬ耕之助だ。みすみす苦労をするとわかっている相手のところに嫁《い》かずとも……。母親だからそう思ってしまう。しかし、もし里久の入り婿に耕之助がなったら。桃があまりにも不憫で、そして残酷だ。

ああ、どうしたものか――。

須万の思いは堂々巡りだ。

「『山岸屋』か……どうしたもんかな」

藤兵衛の気持ちは桃の縁談へ戻ったようだ。

「おまえさま、お茶のおかわりはいかがです」

「ああ、もらおうか」

須万は手拭いを手に、火鉢のうえの鉄瓶を持ちあげた。

風が吹き、部屋の障子をごとごと揺らす。その音にまぎれ、廊下でふたりのやりとりを聞いていた桃が、部屋からそっと遠ざかっていくのを、藤兵衛も須万も気づかずにいた。


桃に縁談がきた。

静江が帰ってからだいぶたつというのに、里久の胸はまだどきどきしていた。

店の小座敷に飾る花が途中になっていて、里久は奥から戻ってきてからずっと活けているのだが、どうも気が散ってうまくいかない。

今日の花は山茶花《さざんか》だ。細い枝に花が重いのか、床の間に置いた備前焼《びぜんやき》の花入れの中でくるくる回っておさまりがわるい。そこへ長吉が「お嬢さんまだですか」と入ってきた。

「ああ、もう、嫌んなっちゃう」

中腰も、伸ばしっぱなしの腕も痺《しび》れてきて、里久は癇癪《かんしゃく》をおこした。

そんな里久に長吉は呆《か》れてみせる。

「だってさ長吉、おっ母さまに、花は上を向くように、重ならないようにって教わったんだよ。だからそうしようと思うんだけど、何度やってもうまくいかないんだもん」

「山茶花ですね」

里の裏山にも咲いていましたと長吉は花入れを眺めた。

「でもお嬢さん、花を上向きに活けるのは無理なんじゃありませんか」

「どうしてだい」

「だってみんな下を向いて咲いているじゃありませんか」

そう言われてみればそうだった。

「今年は雪が多いのかもしれませんね」

花が下を向いて咲く年は、雪が多い年だといわれていると長吉は話した。

「へえー、よく知っているねえ」

「感心してないで、早く活けてくださいよ。紅猪口《べにちょく》塗りが待っているんですから。とにかく花は下を向いたまま活けて、それよりつやっつやな緑の葉が裏返らないように、つぼみもひとつ添えてみたらどうです」

「長吉おまえ、活け花の才があるよ。どうだい、わたしのかわりに活けてみないかい」

いけません、とすげなく断られ、里久はがっくりうなだれる。と、

「桃お嬢さんにご縁談とはねえ。わたしも年をとるはずだよ」

番頭のしみじみした声が聞こえてきて、里久はすっと耳をそばだてた。

まったくですと応えたのは、手代頭の惣介だ。

茶の師匠の静江が、あの甲高い声で、よい縁談だ、ぜひ見合いをしろとまくしたてながら帰ったものだから、すぐさま奉公人の知るところとなった。

店に客がいなかったのが幸いだ。

惣介の声はつづく。

「『山岸屋』さんなら立派な大店でございますし、桃お嬢さんにはまことによいご縁かと」

でもぉ、と手代の吉蔵がおずおず言う。

「桃お嬢さんは店表にはお出にはなりませんが、お嬢さん自体がこの『丸藤』の歩く看板でございます。そのお嬢さんがこのお店からいらっしゃらなくなるなんて。それもよそのお店の方になられるなんて……わたしにはまだよく飲みこめません」

おまえねえ、と惣介が呆れた声で言う。

「里久お嬢さんが婿をお取りになって、この『丸藤』をお継ぎになるんだ。桃お嬢さんが嫁にいかれるのは当然だろ」

でもまあ、吉蔵の気持ちもわかりますよ、と番頭がつぶやき、そこで皆は押し黙った。

「お嬢さん、これを」

長吉が山茶花のつぼみがついた枝を里久へ差し出す。

里久は受けとって、花入れにそっと挿《さ》した。

縁談話から数日がたった昼下がりである。

桃は伊勢町河岸通りを道浄橋《どうじょうばし》に向かって歩いていた。いまから三味線《しゃみせん》の稽古である。

ときどき向かいから吹くからっ風が、道の端に枯れ葉の吹きだまりをつくる。

桃はあれからずっと迷っていた。

師匠の静江は見合いをするのを当然のように言って帰っていったが、桃はまだその決心がつかない。両親も悩んでいるようだ。姉の里久もあれからぼんやりしている。

「おや、『丸藤』のお嬢さん、お三味線のお稽古ですか、ご精が出ますねぇ」

道で行き交った海苔《のり》問屋の内儀が桃に声をかけてきた。

「こんにちは。お寒うございますね。お風邪《かぜ》を召しませんように」

「まあまあ、ごていねいに。ありがとうございます。お父さまによろしくね」

それからも道ゆく桃に、あちらこちらから声がかかる。

「相変わらずおきれいだねぇ」

「この前教えてもらったあかぎれの薬はよく効いた、ありがとうよ」

そのたびに桃は、

「恐れ入ります」

「それはようございました」

と伊勢町小町《こまち》の微笑《ほほえみ》を返す。

そんな桃に、供でついてきた彦作は、「なるほどのう」と、ひとり合点《がてん》している。

風よけに、首に手拭いを巻いている。

「なによ、彦爺ったら、何度もうなずいて」

「いやいや、桃お嬢さんはどこへお嫁にいきなすっても、ええご新造《しんぞう》さまにおなりじゃと

みんなが言うておりますでの。まったくそのとおりじゃと思いまして」

「店でもみんながわたしの縁談を噂《うわさ》しているのね」

彦作は、「どうも行儀のわるいことで、すまんことです」と詫びた。

「けんど、みんな誇らしげで。ちょっと寂しげでもありますがのう」

「そう……。わたしはなんだかまだぴんとこなくて」

「そりゃあ、お縁談《はなし》がきて間なしじゃで」

「そうね、きっとそうね」

「けんど……」

そこで彦作は口ごもった。抱えていた桃の三味線に視線を落とす。

「なに？」

「いやぁ、なんも」

「やだなによ、気になるわ。言ってよ」

まいったのぅ、と彦作はぽりぽりと頭を掻《か》いた。

「そのぅ、こんなことを思い出させてもなんなんじゃが。ずっと前に桃お嬢さんが庭でお泣きになったことがあったじゃろ。ほれ、里久お嬢さんが品川へ帰んなさるかもしれんいうてみんなが心配してのう。けど、あんとき泣きなさったんは、里久お嬢さんのことばかりじゃなかろうて。もっとほかに理由がおありだったんじゃなかったかいのう」

桃は足をとめ、じっと彦作を見上げた。ふたりは橋のたもとまで来ていた。

彦爺、と桃が言いかけたときである。

「おーい、桃ちゃーん」

とまた声がかかった。姿を認めずとも、それが耕之助の声だと桃にはすぐにわかる。

はたして、堀の石段から耕之助が駆けあがってきた。荷揚げをしていたのか、冷たい風の中、尻っ端折《しりっぱしょ》りに腕まくりをし、体から湯気が立ちのぼっている。

目の前に立った耕之助は、そそけた髪をなびかせながら、手代さんに聞いたよと白い歯を見せて笑った。

「桃ちゃん、縁談があるんだってな。桃ちゃんならどこへ嫁にいっても大丈夫さ」

桃の胸はずきりと痛んだ。

何度こうやって、「おまえのことは眼中にない」と突きつけられるのだろう。

あまりに悲しくて、あまりに耕之助の笑顔が無邪気で、まぶしくて、桃はだんだん腹がたってきた。

姉さんだったらこんなときどうするだろう。

桃は耕之助に向かって、思いきって「べえー」と舌を出した。

耕之助はびっくりぎょうてんしている。

「彦爺、行くわよ」

桃は、そのままそっぽを向いて歩きだした。

しかし桃の後を追おうとする彦作の袖を、耕之助は摑《つか》んで引きとめた。

「なあ彦爺、俺、なんか桃ちゃんを怒らせるようなこと言ったか」

彦作は哀《あわ》れむような目を耕之助へ向けた。

「おまえさんは気持ちのいい男なんじゃが、おしいのう」

では失礼しますの、と彦作は桃を追う。

「なんだよぉー、俺なんか悪いこと言ったかぁー」

うしろで耕之助が叫ぶ。

桃の胸はまた痛み、彦作は深いため息をついた。

そのころ里久は店に出ていた。

この数日、里久は里久で悩んでいた。

「またのおこしをお待ち申しております」

客を見送り、品物を片づけていた手がとまる。

一緒に片づけを手伝っていた長吉が「どうしました」と里久の顔を覗きこんだ。

「ん？　ああ、よくいろいろと考えついたもんだと思ってね」

「丸藤」では客が求める品々を、漆塗《うるしぬ》りの底の浅い葛籠《つづら》に並べてお出しする。片づけていた葛籠の中には、肩掛けや白粉《おしろい》、洗《あら》い粉《こ》などがあった。

眉化粧の刷り物を手にしていた長吉も、そうですねぇ、と感慨深げだ。

「この品々はみんな、ほんの数ヵ月の間につくり出したものなんですね」

「本当だねえ」

今日まであっというまだった。

そしてこの品物のすべては、桃がいないとできてはいなかったと里久は思う。

その日の夕餉《ゆうげ》はいつもより静かだった。

内所《ないしょ》に据えられている長火鉢には、五徳《ごとく》に土鍋《どなべ》がかけられていて、長吉の里から送られてきた大根とねぎが、昆布が敷かれた出汁《だし》の中で薄く透きとおって浮かんでいた。

民が碗《わん》へよそい、薬味のすりおろした生姜《しょうが》を添え、削りたての鰹節《かつおぶし》をぱらりとふる。そのうえから醤油《しょうゆ》をひと回し。

あるじの碗が空になり、おかわりを、と盆を差し出す民を、須万はそっと手でとめた。

「おまえさま」

そろそろ話してくださいな、と藤兵衛をうながす。

藤兵衛はうなずき、顔を桃へ向けた。

「そのぉ、なんだ、桃。ぼちぼちお師匠さんに返事をしないといけないんだがな」

桃がそっと碗と箸《はし》を膳《ぜん》に置いた。

民が部屋の隅《すみ》へにじってゆく。

里久もあわてて箸を置き、背筋を伸ばす。

「それでな、わたしらも『山岸屋』さんを調べてみたんだよ。お師匠さんを疑うわけではないが、すべて鵜《う》呑《の》みにもできんだろ。わたしにしたって、『山岸屋』さんのことは表かららうかがっての印象だしね」

そう大っぴらではなく、縁談の相手だということも伏せて、藤兵衛は寄り合いの仲間にそれとなく、須万は菓子屋の「翁屋《おきなや》」に探りをいれた。

茶と菓子は切っても切れない仲だ。直接「山岸屋」と取引がなくとも、案外いろんな噂は入ってくるものだ。悪い噂ならなおのこと。

「へえー、お父《と》っつぁまも、おっ母さまもやるもんだね」

感心する里久を須万は「これっ」と叱ったが、里久は、

「で、どうだった」

と身を乗り出してきた。

「まあ、ありていに言えば、お師匠さんの話したとおりだったよ。商いは順調で、去年浅草へも出店を開いて、そっちは次男が切り盛りしていてな。兄弟仲もいいようだ」

須万も「翁屋」の番頭から聞いた話を桃に伝えた。

「ご主人も、お内儀さんも、腰の低い方で。お相手の方も商売熱心で浮いた噂も聞かない、いたってまじめなひとですって」

「桃、どうする」

藤兵衛はうつむいている桃に訊いた。

それまでじっと話を聞いていた桃だったが、くっと顔を上げ、ふたりに膝行《しっこう》した。

「お父っつぁまはどうしたらいいとお思いなさる？　おっ母さまは？」

こんなとき男親は弱いもので、藤兵衛はおまえから言ってくれと須万の袖を引く。

「おまえさまったら」

まったく。須万はため息をつくと、迷いの中にいる娘を見つめて言った。

「わたしらはね、おまえさえよければ『山岸屋』さんへ嫁がせてもいいと思っているんだよ。おまえならきっと立派に嫁がつとまるだろうし、あそこならなに不自由なく暮らしてもゆける。親としても安心だよ」

「だが気がのらないなら断ったっていいんだぞ。桃はまだ十五だ。急ぐなら里久のほうだからな」

藤兵衛がすかさず口をはさむ。

「姉さんに誰かお相手が決まったの？」

桃が腰を浮かす。

里久は話が急に自分のこととなり、「ええっ」と、驚く。

「いや、まだだ」

藤兵衛の言葉に、娘たちはそれぞれ「ほうぅ」と息をついた。


その夜、里久は布団に入ってもなかなか寝つけずにいた。

ほんの少し前まで庭では虫がうるさいほど鳴いていたのに、いまは静まりかえっている。

遠くで火の用心の拍子木が聞こえるぐらいだ。

寝つけないのは桃も同じなようで、何度も寝返りをうつ気配が隣の部屋からしていた。

「桃、寝られないのかい」

里久は襖《ふすま》ごしに小さく声をかけた。しばらくして「ええ」と桃の返事が聞こえた。

夕餉が終わっても、結局桃は見合いをするのか決められず、

「いいかえ桃、見合いをするってことは、大方縁談《はなし》を決めたようなものだからね、よくよく考えてみることだよ」

と須万が話をしめくくった。

「あんなふうに言われちゃあ、ますます迷っちゃうよね」

ねえ桃、と里久は桃のほうへ寝返りをうった。

「そんなに迷うなら、やめちゃったらどうだい」

「姉さんたら」

桃はくすくす笑う。

「冗談で言ってるんじゃないんだよ。わたしね、桃がこの店を継いだらいいと思っているんだ」

里久はそのことをこの数日ずっと考えていた。

そして今日、店で品物を片づけていてはっきりわかった。

眉化粧の刷り物も、肩掛けも、つやつや白粉だって、みんな桃がいたからできたのだ。

「このお店には桃が必要だよ。桃が跡を継げばいい。だから見合い話はこれでおしまい」

わたしがこの「丸藤」を継ぐ。

思いもよらない姉の言葉に、桃は驚いて布団から半身を起こした。

もしそうなったら——。

耕之助さんと夫婦《めおと》になれるかもしれない。

そんな思惑が頭をかすめ、桃の胸は大きく弾んだ。

だが、それも一瞬のことだった。

「姉さん、それは違うわ」

桃は、里久と自分を隔《へだ》てる襖に向かってきっぱり言った。

「わたしにはあの品のどれも、思いつきもしなかったわ」

そもそも商いの手伝いをしようなどと、桃は考えたことさえなかった。

「人を支えることならわたしにもできる。姉さんに頼まれて知恵をだしたようにね」

しかし、里久のように人を引っ張っていく力は、桃にはない。

「わたしができるのは、ううん、望んでいるのはね、おっ母さまのようになることよ」

大店の内儀におさまって、きりきりしゃんと奥を仕切り、家を守る。

「でも姉さんは違うでしょ?」

店を手伝うきっかけがここに馴染《なじ》むためだったとしても、じゃあ馴染んだからといって、里久が他家へ嫁ぎ、奥へ入ることができるのか。

里久は商いが楽しくなってきている。それは姉の様子で桃にもわかる。いまさら店に立たないなど、いまの里久にできようか。

それに、奥には奥のつとめがある。切り盛りをするのはもちろんのこと、お得意さまへの季節の挨拶、ときには芝居見物や茶会、寄り合い仲間の内儀同士のつき合いだってある。須万を見てたらわかるだろう。それを里久はできるのか。

「ねえ、姉さんにできる？」

襖の向こうで「ぐぅっ」とうめくのが聞こえた。

桃はくすりと笑う。

「姉さんが『丸藤』の跡を継ぐのがいちばんいいのよ」

ここでなら里久は里久らしく暮らしてゆける。両親や奉公人たちが守り、助けてくれる。それに「丸藤」に必要なのは、どうすれば商いがうまくいくか。客はなにを望んでいるのか。考え、動き、新しいものを生み出し、広める力だ。その力をもつ里久なのだ。

里久が婿を取り、一緒にこの店を守《も》り立てていけばいい。一緒に――。

桃の脳裏《のうり》に里久と耕之助が並ぶ姿が浮かぶ。

桃は寝巻きの胸元をぎゅっと摑んだ。

「じゃあさ、どうして桃はこの縁談に迷っているんだい。だって『山岸屋』なら、桃がいま言った望みは叶《かな》いそうじゃないか。……桃、もしかして誰か好きなひとでもいるのかい」

「いないわよ。……そんなひと」

「本当かい」

「ええ、本当よ」

振り向いてくれないひとを想《おも》っても、詮《せん》ないことなのに。

まったくだ。わたしはなにを迷っているんだろう。

桃から、くくっ、と嘲《あざけ》るような笑いがもれた。

「桃？」

「姉さん、わたし決めたわ。お見合いをするわ」

「ええっ！　どうしたんだよ急に」

「姉さんのおかげですっきりしたのよ」

「ちょっと、ねえ桃、おっ母さまも言ってたじゃないか、よくよく考えろって」

「だから考えて決めたのよ。さあ寝ましょ。おやすみなさい」

「桃ったらぁ……」

里久が畳を這《は》ってくる音がしたが、桃は布団に横になって、目をかたくつぶった。

おーい、桃ちゃーん――。

まぶたの裏に手をふって河岸の石段を駆けのぼってくる耕之助が映り、桃はぱっと目を開ける。襖は閉まったままだ。でもまだ姉の里久が襖のそばにじっと座っているのが、桃にはわかった。

第六章　味見の茶

次の日、町役《ちょうやく》をしている蠟燭《ろうそく》問屋の隠居が、木戸番の男の給金のことで藤兵衛に相談にきて、昼の四つ（午前十時ごろ）に帰っていくと、桃はあるじ部屋の前へ膝《ひざ》をついた。

「ねえどちらにします。おまえさまの新しい綿入れ半纏《ばんてん》なんですけど」

「柄はおまえにまかせるから、綿をあまり入れないでおくれ、爺《じじ》むさくなるから」

思ったとおり須万もいて、中からふたりの話し声が聞こえる。

「おや、おまえさまだってもういいお年です。強がって風邪《かぜ》をひいては元も子もありませんよ」

仲むつまじい両親に桃はほほ笑む。

「お父《と》っつぁま、おっ母《か》さま、いまいいかしら」

障子を開ければ、須万が木綿《もめん》の巻き板を手に、ためつ眇《すが》めつ眺めていた。

「あら桃、ちょうどいいところに。桃はどっちがお父っつぁまに似合うと思うかえ」

須万は細縞《ほそじま》が詰まった万筋《まんすじ》模様と、こちらも細かい微塵《みじん》格子《ごうし》を藤兵衛の肩へあてる。

「そうねぇ、万筋のほうかしら」

と桃は答え、

「ところでわたし、お見合いをすることに決めました。だからお師匠さんによろしく伝えてくださいな」

ついでのように言って部屋を下がった。

廊下に衣擦《きぬず》れがし、すぐに須万が追いかけてきて、ちょっとお待ちなさいな、と桃の腕を摑《つか》んだ。

「昨日の晩も言ったろ、見合いするってことは」

「よく考えたわ」

桃は須万の言葉にかぶせた。

「わたしらがすすめるようなことを言ったからかい？　それで」

「違うわ。自分で決めたのよ」

「でもおまえは……」

桃が耕之助を慕《した》っていることを知っている須万だ。

またそのことを母親に知られているとわかっている桃だ。

「姉さんには耕之助さんのようなひとが似合ってるわ」

「おまえ話を……。あれはただ、お父っつぁまが勝手に――」

「おっ母さま、わたし決めたのよ」

「桃……本当に、本当にいいんだね」

須万は念を押す。

「ええ」

桃はうなずいて、須万の摑んでいる手をやんわりと放した。


そのころ里久は「山岸屋」の向かいの通りに立っていた。

今朝になっても桃の決心はかわらなかった。

だったら里久のすることはひとつ。

藤兵衛と須万は親として「山岸屋」を調べた。

なら里久は姉として、寛治郎という男がどんな男か、じかにこの目で確かめることだ。

客になりすまし、もしいけ好かないやつだったら、この足でお師匠のところに断りに行ってやる。そんな意気ごみで、怖気《おじけ》づく長吉をなかば道連れにやってきた。

「立派なお店《たな》でございますねぇ」

長吉は庇《ひさし》のうえの屋根看板を見上げる。

「うん……」

本町のあたりは京や大坂からきた呉服商が集まっているのだが、そんな中で「山岸屋」は話に聞いていたとおり、表通りにどんと店を構える大店だった。

間口は「丸藤」の倍はあるか、ひっきりなしに客が出入りし、ひと目で繁盛《はんじょう》している店だとわかる。

「あのぅ、本当に行くんですか」

「当たり前だろ」

里久は、よしっ、と己《おのれ》に気合いを入れ、「山岸屋」めがけてまっすぐ通りを渡った。

うしろからおずおずついてくる長吉と一緒に、店先で大八車の荷を数えている奉公人を横目に、松葉色の暖簾《のれん》をくぐった。

広い店土間に立ったとたん、茶の香りに包まれた。

店内は薄暗く、壁には大きな茶箱やこれまた大きい茶壺《ちゃつぼ》がずらりと並んでいる。

店座敷には四、五人の客がいて、それぞれに奉公人がついている。

「若旦那さま」

さっき店先で荷を数えていた奉公人が店内に入ってきて、帳場にいる男となにやら相談をしだした。帳場の男は静かに耳を傾けている。

「あの方が桃お嬢さんのお相手の寛治郎さまのようですね」

長吉がひそひそと言う。

「なかなかの二枚目でございますね」

「そうかい？」

里久から見れば、寛治郎は男としては色白で、切れ長の細い目は少し釣りあがっていて、

「なんだか狐《きつね》に似ているよ」

その声が聞こえたわけではないだろうが、寛治郎がこちらを向いた。相談はすんだようで、帳場から出てくる。

「あっ、ほら、こっちに来ますよ」

「いいかい長吉、わたしたちが『丸藤』の人間だってことは内緒だからね」

「へい、わかってます」

やってきた寛治郎は、座敷端に手をつき、「おいでなさいまし」と里久たちを迎えた。

「はじめてお見かけするお客さまで」

「ええ、こっちにきてまだ日も浅くて」

「さようでございますか」

いたっていていねいに接する寛治郎だが、その顔はにこりともしない。

なんだかとても無愛想だ。

「で、今日はどのようなお品をお求めに」

「えっ、ああ、お茶っ葉をくださいな」

里久は元気よく答えた。が、とたんに座敷の客たちがぷっと噴いた。

お嬢さん、とうしろから長吉が里久の袖を引く。

「ここは茶問屋なんですから、お茶の葉を買いにきたことは百も承知しておりますよ」

たしかにそうだと里久は顔を赤らめた。

「お訊《き》きになっているのはお茶の種類です」

「種類って？」

里久は長吉にこそこそ訊く。

「ほら、煎茶《せんちゃ》とか玉露《ぎょくろ》とか。お民さんが奥のお客さまに出すのは玉露だって、いつだったか教えてくれたことがあります。お嬢さんがこの前お師匠さんにお出しになったのも玉露だったんじゃありませんか」

ひっくり返しちゃいましたけどね、と長吉は忍び笑いだ。

「長吉、おまえはひと言多いんだよ」

けど、だったらおっ母さまたちと飲んでいるのは煎茶か。

里久は気を取り直して「お煎茶をくださいな」と寛治郎に答えた。

だが寛治郎はまた問うてくる。

「銘柄は？」

再びうしろの長吉を見たが、今度は長吉もわからないと眉を下げる。

客たちが失笑する。いまのお若いひとはまったくねぇ、と呆《あき》れている。

意気ごんで来たのに、これでは意気消沈だ。

寛治郎は静かにこちらが答えるのを待っている。

――里久、ひとはね、恥をかきながらいろいろ覚えていくんだよ。

ああ、おっ母さまが言ってたのはこのことか。

それに品川のおっ母さんも言ってたっけ。

――知りたければ知ってるひとから教えてもらえばいいんだよ。おっ母さんはそうして舟の漕ぎ方を船頭さんから教わった。里久、いいかい、いちばんいけないのは知ったかぶりをすることだ。

里久は寛治郎に「にっ」と笑った。

「わたしはなんにも知らないんですよ。だからどんなお茶がよいか教えてくださいな」

寛治郎は相変わらず表情のない顔で、わかりましたとうなずいた。

「ではどういったときにお召しあがりになるお茶で？　たとえばお仲間を集めての茶会とか」

また問う。だけどこれなら里久でも答えられる。

「いいえ、おっ母さまと妹と一緒にいただくお茶です」

「普段づかいのお茶ということですね」

「ええ……」

そうなんだけど、と里久はそこで口をつぐんだ。

「なにか？」

「そのぅ、普段づかいには違いないけど、みんなでおしゃべりして、『翁屋』のおいしいお饅頭《まんじゆう》を食べて、お茶を飲んで。わたしにとってはとっても大事な刻《とき》なんです」

おっ母さまと桃がいて、お父っつぁまも仲間に入りたそうにしてさ。

「さようで……でしたら味をみてお決めになられてはいかがです」

簡単な点前《てまえ》でよければ、うちは味を確かめたい客に茶を出していると言って、寛治郎は店座敷を見回した。座敷の奥で客がいままさに味見の茶を飲もうとしていた。

「お嬢さん、足は大丈夫でございますか」

長吉は心配してささやく。

里久はいまだに正座が苦手だ。

しかし里久は「ぜひ、お願いします」と寛治郎に頼んだ。

桃とおっ母さまのために自分で茶を選びたくなったのだ。

「わかりました。よかったらそちらの小僧さんもご一緒にどうぞ」

寛治郎にすすめられるまま、里久と長吉は店座敷に上がった。

ふたりが座って待つことしばし。奥へ引っこんだ寛治郎が盆と湯瓶《ゆびん》を手に戻ってきた。
盆にはふたつの茶碗《ちゃわん》、急須《きゅうす》、茶壺など、お茶の道具が一式のっている。
寛治郎は里久の正面へ座った。
どうやら寛治郎手ずから淹《い》れてくれるらしい。
寛治郎は盆を膝前へ、湯瓶を右へ置き、背筋をすっと伸ばし、
「一煎《いっせん》さしあげます」
と一礼した。
里久も長吉もあわてて頭を下げる。
湯瓶の湯を寛治郎はふたつの茶碗へ注《そそ》いでいく。
「湯気が真上にのぼっていくでしょう。これは湯がまだ熱いということです」
寛治郎は細竹を半分に縦に割り、手のひらほどの長さにしたものを手にした。
「これは茶則《ちゃそく》といって、茶葉を量るものです」
茶壺を転がすように茶則へ茶葉を出してゆく。
里久は食い入るように寛治郎と寛治郎の手を見つめた。
ふたり分だというのに、茶葉は茶則に小さな山となる。
その茶葉を寛治郎は急須にざっと入れる。

「茶碗の湯気が横へたなびいてきました。湯が冷めてきた合図です。茶碗にふれたまま、ひとつ、ふたつ、と数を唱えられるぐらいが、煎茶によい湯の加減です」

寛治郎は茶碗を持ちあげ、ひとつ、ふたつ、と小声で数える。

「いいでしょう」

ふたつの茶碗の湯を急須へ移して蓋《ふた》をした。

「急須は揺らしたりしません」

渋みが出るという。

目を伏せ、急須を注視する寛治郎の目は真剣そのものだ。

里久と長吉も固唾《かたず》を呑《の》んで急須を見守る。

「もういいでしょう」

寛治郎は急須を手に、茶碗へ注ぐ。

「濃さが等しくなるように」

少しずつ交互に茶を注いでいく。その音はまるで小川のせせらぎのような、岩場から湧き水が染みでてくるような、そんな耳に心地よい音だ。みずみずしい香りが里久の鼻をくすぐる。

「最後の一滴まで」

その一滴が茶碗へ落ちた。

「さあ、どうぞ」

寛治郎は淹れたての茶を茶たくにのせて、里久と長吉の前へ置いた。

茶碗の中の深い黄緑色のなんと美しいことか。

「いただきます」

里久は茶をそっと口へ含んだ。とたん、ふわぁっと甘さが口いっぱいに広がる。

ゆっくり飲み込み、喉《のど》を流れ落ちれば、舌のうえにわずかな渋みが現れ、すうっと青やかな香りが鼻から抜けた。

「お、おいしい」

里久は衝撃で目をいっぱいに見開く。

「ええ、すごくおいしいです」

長吉も驚きで目を剝《む》いている。

「気にいっていただけたようで、ようございました」

宇治《うじ》の茶だという。

興奮している里久や長吉に対し、寛治郎は相変わらず淡々と話す。

「このお茶なら『翁屋』さんのお饅頭にもよく合うと思います」

なにげない里久の話をとらえての見立てだった。

「わたしも振る舞い茶の番茶をもっとおいしく淹れられたらなぁ」

茶のうまさにすっかり酔いしれている長吉が、つるりと口をすべらせた。

寛治郎がさっと里久を見る。が、すぐに視線を里久から外し、長吉に番茶の淹れ方を教えはじめた。

こつは、茶を淹れる前に改めて焙《ほう》じることと、湯の中で葉が沈んでから茶碗に注ぐこと。そうすると香りもよく、渋みも出すぎないという。

「なるほど。さっそくやってみます」

いいことを教わったとうれしがる長吉の横で、里久はひやひやだ。

「あの、この茶の葉をいただきます。おいくらですか」

長吉がまた口をすべらせない前に、里久は急いで勘定《かんじょう》を頼んだ。それにそろそろ里久の足の痺《しび》れも限界にきていた。

少々お待ちを、と寛治郎は座を立った。

「さあ、帰るよ」

里久は残っている茶をごくっと飲み干して、よろめきながら立ちあがった。

「いるかい」

里久は「山岸屋」から戻ってすぐ、桃の部屋へ行った。

障子を開けると桃がなにをするでもなく、火鉢にあたってぼんやりしていた。

鉄瓶の湯が沸いていて、部屋は暖かだ。

「どうしたのよ姉さん。お店は？」

「うん、今日はお休みをもらったんだ。だからたまには桃とお茶でも飲もうと思ってね」

こうして用意してきたと、里久は茶道具が一式のった盆を持って部屋へ入った。

じつは「丸藤」に戻った里久は、帰りが遅いと番頭に叱《しか》られた。しかし番頭は、長吉が胸に抱える茶の包みを見て大よその見当がついたようで、次の苦言を飲み込んだ。

「桃お嬢さんはお見合いをなさるとお決めになられたのですか」

里久がうなずくと、それでどうでした、と番頭は身を寄せてきた。

「いえ、『山岸屋』さんのお店自体は心配しておりませんが……」

番頭も相手がどんな男か気になっていたようだ。

「うん、商売熱心でね」

それだけ言っただけなのに、番頭は胸を撫《な》でおろした。

「それはそれは、男は商売熱心が一番でございます」

番頭は今日は店に出なくていいから、そのことを早く桃にも知らせてやれと里久の背を内暖簾へ押した。藤兵衛や須万の様子から、桃が迷っていたのを察していたようだ。

「なんなのよ急に」

桃は怪訝《けげん》そうに里久をうかがいながら、崩していた足を改めた。

「いいからいいから、いまおいしいお茶を淹れてあげるからね」

「翁屋」の饅頭も忘れていない。

里久は桃のそばへ座り、さっそく饅頭をすすめた。

じゃあはじめるよ、と背筋を伸ばし、

「一煎さしあげます」

と重々しく告げて一礼し、寛治郎に教えてもらったとおりの手順で茶を淹れた。

急須から最後の一滴が落ちると、

「さあどうぞ」

茶たくにのせて桃の前へ置いた。

「いただきます」

桃が茶碗を押しいただくように取り、ひとくち飲んだ。

「どうだい」

里久もどれどれっと口にする。と、里久の口はひん曲がった。

「ぐえっ、苦っ」

それほど茶は渋いばかりで、里久が思い描いていたのとはほど遠いものだった。

「ごめんよ桃、失敗したよ。おかしいなぁ、同じお茶っ葉なのに。お湯が熱すぎたのかなぁ。飲ませてもらったのはもっと甘くて、そりゃおいしいお茶だったんだよ」

茶碗の湯気が横へたなびいて、ひとつ、ふたつと数えてから湯は入れたしなぁ、と首を傾《かし》げる里久に、ねえ、姉さん、と桃が訊いた。

「どこでいただいたの？　それに誰に淹れ方を教わったの？　このお茶の葉、いつものじゃないわよね。……まさか姉さん」

「やっぱり桃にはお茶の葉の違いがわかるんだね」

里久は「そうなんだよ」とこくりとうなずき、「山岸屋」に行ってきたことを白状した。

「ごめんよ。桃は見合いをするって言うし、その前にどんな相手か見てやろうと思ってさ」

もし嫌なやつだったら断りに行くつもりだったことも里久が正直に話すと、桃は薄くやさしげな眉をひゅっと上げ、驚くやら呆れるやら、面食らっていた。

「でもね、結局よくわからなかったんだ」

寛治郎を見てやろうと行ったはずなのに、いや、実際に見ていたはずなのに、里久は寛治郎の人柄をわかりかねた。

「ごめんよぅ」

里久は自分の不甲斐《ふがい》なさにうなだれる。

「でもね、商売熱心なおひとだっていうのは間違いないよ。ちょいと無愛想だけどね」

「山岸屋」からの帰り道、里久は長吉と寛治郎について言い合った。

「わたしにまで味見をさせていただいて」

と長吉は好印象だ。

「それに茶の葉といってもさまざまですよ。日々精進なさっているんでしょうねえ」

としきりと感心していた。

里久もあのお茶のおいしさには感激した。茶を淹れているときの真剣な眼差《まなざ》し。商売熱心なことも十分わかる。それに流れるような手さばきには、思わず見入ってしまったほどだ。しかし終始無愛想で、とっつきにくい感じが里久には気になった。耕之助とはえらい違いだ。

「無愛想なおひとなの……」

桃がつぶやく。

うかつなことを言ったと、里久はあわてた。

「でもほら、総領息子だし。商いは大変だしさ」

次男坊の耕之助のように、へらへら笑って牡丹餅《ぼたもち》を食べていられないのかもしれない。

「あ、それに長吉はやさしいひとだろうって言っていたよ。二枚目だとも言っていた。そんとところはわたしにはわかんないけど、やさしいおひとだっていうのは、わたしも思うよ。だって、店にやってきたどこの誰ともわからぬ、それになんにも知らない娘の客に、お茶の淹れ方を懇切《こんせつ》ていねいに教えてくれたんだからね」

桃は呆れ果てていたが、「そう」と言った表情は、里久が部屋に入ってきたときよりもだいぶ和《やわ》らいでいた。

「姉さんが見てきたようなおひとか、お見合いが楽しみになってきたわ」

桃は里久の淹れた茶にまた口をつけた。

「無理しなくていいよ」

「ううん、おいしいわよ。ありがとう姉さん」

桃はほほ笑んで、饅頭を里久の手にのせた。


その夜は北風が強く、締めきった雨戸をごとごと揺らした。冷えこみもきつい。雪が降るのかもしれない。桃は布団の中で身を丸めた。と、廊下に足音が聞こえた。部屋の障子に灯《あか》りが映り、「お嬢さん、おやすみでございますか」と声がした。

「お民、こんな夜遅くにどうしたの」

「やはり起きてらっしゃいましたか」

障子が開き、手燭《てしょく》を持った民が部屋へ入ってきた。

民は手許《てもと》の火を消し、枕行灯《まくらあんどん》の仄灯《ほのあか》りに、これを持ってまいりましたと素焼きの行火《あんか》を掲げてみせた。

「桃お嬢さんは昔から寒がりで、足先なんて氷のように冷たくなられたでしょう」

民は失礼しますよ、と桃の足元の布団の中に行火を置き、そのまま桃の足をさすった。

「ああ、やっぱりこんなに冷たくおなりで」

民の手の温《ぬく》もりが、桃のかじかんだ足にじんわり伝わってくる。

幼いころ、冬になると霜焼《しもや》けがかゆいといって泣く桃の足を、民はよく揉《も》んでくれた。

「お民も疲れているのに、ありがとう」

「寝られませんか」

「姉さんの渋いお茶を飲んだもの」

民はわたしもでございますよ、とふふふと笑った。

「まあ、お民も」

里久が夕餉《ゆうげ》の片づけを終えた台所へやってきて、茶の稽古《けいこ》につき合ってくれと頼んできたという。

「お店でいただいたときはあんなにおいしかったのに、いったい淹れ方のどこがどう違うのか不思議だとおっしゃって」

民は里久が「山岸屋」に行ったことも聞いたと笑った。

「相変わらず無鉄砲《むてっぽう》なお嬢さんで」

「ふふ、そうね……。それで姉さんは今度こそおいしく淹れられた？」

「お嬢さん、民も寝られないんでございますよ。そりゃあ、渋いお茶でございました」

当の本人は隣の部屋で健やかな寝息をたてていた。

桃と民は笑いをこらえるのに往生する。

「わたしのときは茶の葉が多かったんだと思うわ。お民のときもそうじゃない」

「いえ、急須に湯を入れてから茶碗に注ぐまでの間が長かったんでございますよ」

「きっとお饅頭に夢中になったんでしょう」

姉さんらしいと桃は思ったが、民はいいえ、と声を落とした。

「お見合いはどういうものかとお訊《たず》ねになられましてね。ですから寺社の水茶屋や芝居小屋ですることが多うございますってお教えしまして」

どっちにしても見物したり歌舞伎《かぶき》を観《み》るのではございませんよ、見るのはお相手でございます。気にいればそのまま居つづけ、気にいらなければ途中で席を立つんでございます。この寒い時期でしたら芝居小屋でなさるんじゃございませんかねぇ。

「そうお話ししましたら」

——なんだい、おっ母さまは、会えば大方縁談《はなし》は決まったようなもんだって言ってたけど、断ることもできるんじゃないか。あぁ、よかった。もう、大げさなんだから。

「お相手を見てきたからといって、心配がなくなったわけではないんでしょう。ですから心からほっとした顔をされて」

でも民が里久に話したのはあくまで建て前だ。大店《おおだな》同士の見合いはそんな気楽なものではない。

「きちんとお話ししないといけないのかもしれませんが、あのお顔を見ておりましたら、もうなにも言えなくなりまして」

「それでいいのよ」

「でも桃お嬢さん、ほんとうにお見合いをなさってよろしいんでございますか。民にはお嬢さんがご無理をなすっているように見えてなりません。お嬢さん、民は——」

お民、と桃は呼んで民の言葉をとめた。

「ありがとう、ずいぶんと足も温まったわ。お民ももうやすんで」

「……口はばったいことを申しました。お許しくださいませ」

民の温かい手が桃の足から離れる。手燭に灯《ひ》を点《とも》し、「それではおやすみなさいませ」と民はそっと部屋から出ていった。

桃は布団を顔まで引き上げた。足元の行火の炭団《たどん》の匂《にお》いが、桃の鼻をふっとかすめた。

見合いの日取りが決まったのは翌日だった。

民が芝居小屋だと当たりをつけ、桃も来月には顔見世があることから、たぶんそうだろうと思っていたが、しかし見合いは八日後の、場所は向島《むこうじま》の料理茶屋で行われることになった。

第七章　桃の決断

見合いの日は、今年最初の雪が降った。

小降りだし、積もりはすまいと思っていたが、家を出るころには、それでも地面を白く覆《おお》った。

昼の九つ（正午）に向こうで落ち合う段取りになっていたので、桃は両親と昼の四つ（午前十時ごろ）に屋根舟で出かけることになっていた。

江戸橋のたもとで舟は待っていた。寒さをしのげる障子舟である。

「桃、足元に気をつけるんだよ」

船着場の石段を下りる桃に須万が傘をかざす。

桃は「ええ」と返事をして褄《つま》をとった。

銀色《しろがねいろ》の地に桜と紅葉《もみじ》をちりばめた雲錦《くもにしき》模様の着物に、こちらも桜を織り出した唐織《からおり》の帯の装いだ。この日のために須万が選んでくれたものだ。落ち着いて、それでいて華やかだ。この着物に合わせて髪の飾りは、手代頭《てだいがしら》の惣介の意見を聞きつつ、藤兵衛が見立ててくれた。桜の一枝に銀の蝶《ちょう》が二匹飛ぶ意匠《いしょう》の前簪《まえかんざし》だ。細く短い鎖《くさり》が五本さがり、その先には小さな珊瑚《さんご》玉《だま》がひとつずつついている。朝早くに来てくれた髪結いの滝《たき》が、大きく島田に結いあげて挿《さ》してくれた。前櫛《まえぐし》も挿し、髷《まげ》の元結《もっとい》には薄紅《うすべに》と萌黄色《もえぎいろ》を染め分けた鹿《か》の子《こ》の手絡《がら》をふんわり結んでくれた。滝は身《み》仕《じ》度《たく》の仕上がった桃を見て、「まあまあ、一段とおきれいで」と桃の美しさにため息をつき、

「お見合いだなんて、もうそんなお年ごろになられたのですねぇ。どうぞお嫁入りのときも、この滝に髪を結わせてくださいまし」

と鏡に映る桃に目を潤《うる》ませた。

家を出るとき里久がそっと近づいてきて、

「桃、嫌だったらさっさと断って、すぐ帰っておいでよ」

と耳打ちした。

見合い場所が芝居小屋でないと知り、途中で抜け出せるのかと気にしていた里久だったが、どうやら民がうまくごまかしてくれたようだ。

見送る店の奉公人たちのうしろで民は目を伏せている。

桃は伊勢町小町《こまち》の微笑《ほほえみ》で、みんなに「いってまいります」と明るく告げ、「丸藤」を後

にした。

「ほら、摑《つか》まりなさい」

桃の先を下りていた藤兵衛が振り返り、手を差し出した。

握った父の手は、大きくて温かかった。

桃は藤兵衛とゆっくり石段を下りていく。

「桃とこうやって舟に乗るのはいつぶりだろうねえ。こんなことなら、もっとおまえと出かけておくんだったよ」

ずっと子どものままでいてくれると思っているんだから、男親っていうのは馬鹿なもんだねえ、と藤兵衛は心寂しげに笑った。

「さあ、お乗りくだせえまし」

蓑笠《みのかさ》姿の船頭が、揺れを抑えるように桟橋《さんばし》と舟に足をまたげてうながす。

「そいじゃあよござんすか、めえりますよ」

三人が乗りこんだのを確かめ、船頭は長い棹《さお》で岸を突き、舟をゆっくりと漕《こ》ぎだした。

舟の中には小さな置きごたつが据えてあり、桃たちは暖をとりながら堀をすすんでいく。

揺れが大きくなったので、桃はほんの少し障子を開けた。冷たい風が桃の頰《ほお》を刺す。

舟は堀から大川へ出ていた。雪の降りは強くなり、対岸の家並みを隠す。葦《あし》枯《が》れの岸辺は寒々しい。行き交う伝馬船《てんません》の荷のうえにも、雪はうっすら積もっている。ほう、と白い息を吐けば、またたくまに凍えた空気の中へ消えてゆく。

向島の料理茶屋の桟橋で、仲居が蛇《じゃ》の目《め》をさして出迎えてくれた。

案内された座敷には、すでに「山岸屋」の者たちが着いており、

「まあまあ、あいにくの雪になりまして」

と茶の師匠の静江が、相変わらずの甲高《かんだか》い声を張りあげながら、さっそく両家を紹介した。

互いの家同士が挨拶《あいさつ》し、二の膳《ぜん》つきの豪華な料理が運ばれ、皆がぎこちなく盃《さかずき》を交わし、箸《はし》をとる。その間も静江は潤滑油のように、のべつ幕なししゃべりつづける。

「ええ、ええ、ご存じのとおり『山岸屋』さんは日本橋に代々つづく老舗《しにせ》の茶問屋でいらっしゃるし、『丸藤』さんも老舗に加え、小間物といえば『丸藤』といわれるほどのお店でございますから、ご両家にとってこんなぴったりなお相手はございません」

そんな大店《おおだな》同士のご縁を結ぶわたくしの店も、お武家さま相手の格式の高い――と、静江の話は己《おのれ》の自慢話へとそれてゆく。

桃は目の前に座る男をうかがった。つるりとした色白の、切れ長の細い目をした男は、さっきから黙々と料理を口にしている。ときどき桃と視線は合うが、にこりともしない。

静江が寛治郎のことを褒《ほ》めちぎっても、謙遜《けんそん》もお愛想のひとつも言わない。かわりに「山岸屋」の主人と内儀が「いやいや、そこまで言ってもらえるほどでも」と、わはは、おほほ、と朗笑する。姉の里久が無愛想と言っていたが、そのとおりだった。

静江のおしゃべりは桃へと移った。

「この桃さんは、お花やお三味線《しゃみせん》の腕前もなかなかのものでございますの。ええ、お茶はこのわたしがお教えしていますもの、折り紙つきでございますわ。それに、ごらんのとおりの美しい娘さんで。伊勢町小町なんて呼ばれているんでございますよ」

静江は、おうっほほほほ、と小指を立てて高らかに笑う。

「お師匠さんたら」

桃は赤面だ。

「あら、本当のことですもの。桃さんももっとご自慢なさったらよろしいのよ。だってね、ご親戚筋《しんせきすじ》から桃さんをすすめられてとお聞きしましたけど、よくよくお話をうかがえば、寛治郎さんは口切りのお茶会で桃さんをお見初《みそ》めになったっていうじゃございませんか。こんなおきれいなんですもの、無理もございませんわ」

それにこのとおり奥ゆかしくもございましょう、と静江はまた高らかに笑った。

桃は「えっ」と寛治郎を見た。

あの茶会に寛治郎もいたのか。

寛治郎は鯛《たい》の焼き物に箸をつけていた手をとめ、上目づかいでじっと桃を見据えた。

はじめてまともに見交わす寛治郎に、桃は胸が冷えていくのを感じた。

ああ、このおひともか。寛治郎も付け文《ぶみ》をしてくる男たちと同じだったのか。

でもそれはいけないことではないのだ。そんなものなのだ。

道行くひとに「おきれいでございますねえ」と声をかけられ、挨拶代わりの笑みを返すように、見つめてくる寛治郎にほほ笑もうとした。が、桃はできなかった。

寛治郎は再び手を動かし、醬油《しょうゆ》に付け焼きした鯛の身を口にする。

桃も料理をいただくふりをしてうつむいた。

手にした、海老《えび》のすり身が沈む吸い物に、姉の里久の顔が浮かぶ。

――桃、嫌だったらさっさと断って、すぐ帰っておいでよ。

椀《わん》の中で里久が、にっ、と笑っている。

盃を重ねると、いつしか男たちは商売の話に夢中になり、女たちも桃に気をつかいながらも、世間話に花を咲かせている。

最後に茶と菓子が出てきて、やっと食事が終わったと桃がほっとしたとき、

「庭に出てみませんか」

寛治郎が桃を誘ってきた。

「まあまあ、それはようございますねえ」

静江が大げさに賛同する。

桃はたじろぎを覚えたが、須万が行っておいでと目配せしたので、寛治郎に「はい」と返事をした。


外は一面の雪景色だった。

雪はやみ、庭石や枝ぶりのよい松や石灯籠《いしどうろう》に、一寸（約三センチ）ほど積もっていた。

寛治郎は庭の散策の路《みち》に敷かれた莚《むしろ》のうえを歩いてゆく。

桃もうしろをついてゆく。白い庭に南天の赤と葉の緑がひときわ鮮やかだ。

ふたりは丸太が組まれた階段を上って、見晴らしのよい東屋《あずまや》に並んで立った。

ここから大川がよく見えた。川はとうとうと流れている。

痛いほどの冷たい空気の中、辺りは静寂に包まれていた。

「どうもわたしは騒がしいのが苦手でね」

あのお師匠さんのおしゃべりには参ったと、寛治郎は川を眺めながら「ほうぅ」と白い息を吐いた。

「それにしても、あなたを見初めたことをお師匠さんに知られていたとはね。きっとうちの母親がぽろりとしゃべったんでしょう」

「あのお茶会にいらしていたのですね」

茶会はつき合いの広い静江らしく、招かれた客も大勢いた。毎年の顔なじみもいれば、知らない客も多かった。

「ええ、父親の代わりに」

寛治郎は、はじめて静江の茶会に訪れたのだと淡々と話した。

「そこであなたをお見かけしまして」

桃は問うてみたかった。

わたしのどこに惹《ひ》かれたというのでしょう。はじめて会ったわたしのどこに。

しかしそれを訊《き》いたからといって、じゃあどうするのかと訊かれてもわからない。見合いを断る理由にもならず、桃は川を眺めたまま、冷たい空気と一緒にその問いを胸の奥へ吸いこんだ。

そんな桃の想《おも》いを知ってか知らずか、寛治郎は意外なことを口にした。

「お茶会であなたを見初めたのは本当ですが、お師匠さんが言ったような、あなたの容姿に惹かれたからではないのですよ。わたしが惹かれたのは、お点前《てまえ》をするあなたの佇《たたず》まいです。ただ一心に茶を点《た》てているあなたの姿に惹かれたのです」

「茶を点てるわたしの姿に――」

桃は寛治郎を見た。

「そうです」

寛治郎も桃を見る。

ふたりは互いを見つめた。

「桃さん、たしかにあなたはおきれいだ。だがあのときのあなたは、その容姿に甘えず、誰にも媚《こ》びず、静かで凛《りん》としていました」

人は簡単に人をうらやむ。だがうらやむほどのものには、人知れぬ努力があるものだと寛治郎はつづける。

「大店に生まれてきた苦労なら、わたしにだってわかります。店の看板がいつもつきまとい、背負っている重責はどんなときでも忘れさせてはくれない。世間が考えているほど、気楽なんかじゃあない」

桃に向ける寛治郎の眼差《まなざ》しは思慮深く、落ち着いたものだった。

見合い場所をやはりここにしてよかったと、寛治郎は言った。

「こうしてあなたと話ができた」

母親から、見合いを芝居小屋なんぞでしたら、とっとと帰られてしまうと脅《おど》されたってこともありますがね、と寛治郎は冗談めかして言う。

「さて、体も冷えてきました。そろそろ皆《みな》のところへ戻りましょうか」

階段を先に下りる寛治郎が振り返り、桃に手を差し伸べてきた。

「すべってはたいへんだ」

男の手は父の藤兵衛の手しか知らない。

桃はためらったが、そっと寛治郎の手に手を添えた。

寛治郎の手は、桃が想像していたのとは違い、冷たい手だった。

「あなたも冷たい手ですね。きっとわたしたちはよく似ていますよ」

寛治郎がふっと笑ったときだった。上空で「コゥー、コゥー」と鳴き声が響いた。

見上げれば、鈍色《にびいろ》の空に鶴が二羽、大川を渡って吉原田圃《よしわらたんぼ》のほうへ飛んでゆく。

桃と寛治郎は鳴き交わす鶴を、手を取り合いながらしばらく眺めていた。


「で、どうだったんだい」

「丸藤」へ帰ったとたん、里久が桃を質問攻めにした。

「ええ、まあ」とうまく答えられない桃に不満なようで、着替えている部屋にまで押しかけてきた。

「姉さんが言うように、ちょっと無愛想なひとだったけど、わるいひとではなかったわ」

これまでに、あんなふうに桃のことを見てくれた男《ひと》はいなかった。

帰りの舟でも、藤兵衛が寛治郎のことを商売人としてしっかりした男だと褒め、母の須万も安堵《あんど》している様子が見てとれた。

「そっか……じゃあ桃は『山岸屋』へお嫁にいっちゃうのかい」

着物を衣桁《いこう》にかける桃の手がとまった。

「お見合いが終わったばかりよ。そんなことまだわからないわ。それに、こっちがよくても断られるかもしれないし」

「まさか。桃を断る男なんているもんかい」

でもそうだね、まだわかんないよね、と里久はつぶやく。

しかし次の日、静江が「丸藤」に息せき切ってやってきて、奥座敷に座ったが早いか、

「向こうさんはそりゃあ桃さんを気にいられて。できたら来年の秋には祝言《しゅうげん》をと、おっしゃっていなさるんですよ」

と相手の意向を伝えてきた。

「このままこのご縁談をまとめてもよろしゅうございますね」

形ばかりの確認だ。断るなど微塵《みじん》も考えていない静江である。

「それはまた性急ですな」

見合いをすればこうなる運びとわかっていたとはいえ、藤兵衛は戸惑いを隠せない。

このまま縁談がすすめば、次は結納《ゆいのう》で、そして祝言となる。

いいのかい、と藤兵衛と須万に問われ、桃は昨日の寛治郎を思い出した。

あの思慮深い眼差し。育ちも背負っているものも似ている。

桃の胸にある、いままで言葉にしてこなかったさまざまな思いも、あのひとならわかっ

てくれるに違いない。

あのひとなら……。

返事をじっと待つ両親に、桃はこくりとうなずいた。

うなずき返した両親と一緒に、桃は畳に手をつく。

「お受けいたします。どうぞよろしくお願いいたします」

と静江に深々と頭を下げた。


お稽古《けいこ》仲間の八重がやってきたのは、それから三日後の、十月もあと数日で終わろうという日だった。

お友達がお見えでございますと民が知らせに来て、うしろからひょっこり八重が現れた。

会うのは、お園と一緒に八重の家へ婚儀の祝いに訪れた八月以来だ。

民から聞いたのだろう、須万がやってきて茶と菓子で八重をもてなした。改めて祝儀の礼を述べる八重に、「しっかりなさって」と感心しいしい須万が部屋から出ていくと、八重は、「お礼の口上《こうじょう》ももう慣れたものよ」と悪戯《いたずら》っぽく笑って首をすくめた。

「どうしたのよ。いまがいちばん忙しいでしょうに」

来春早々に婚儀の八重だ。

「そうなのよ。いろいろ買い揃《そろ》えたつもりでも、うっかり忘れているものもあってね」

小間物にも不首尾があり、いま、里久に揃えてもらっているのだという。

「ところで聞いたわよ」と八重は桃へ膝行《しっこう》し、声をひそめて言った。

「『山岸屋』の寛治郎さんと縁談がまとまったんですってね」

桃は瞠目《どうもく》して、しばらく声が出なかった。静江に返事をしてまだ日もたってないというのに、もう八重の耳に入っているとは。そんな桃に八重はくすりと笑う。

「あらやだ、うちの商いがなんなのか忘れちゃったの」

そうだった。八重の店もまた茶問屋だ。

「同業の間じゃあ、こういうことはあっというまに知れ渡るものよ」

ねえ、縁談がまとまった気持ちはどう、うれしい？　と八重に訊かれ、桃はなんと答えてよいかわからず、反対に八重に訊き返した。

「お八重ちゃんはどうなの。お嫁入りする気持ちってどんなものなの」

「どんなって」

「うれしい？　どきどきする？」

「そうねえ」

八重は首を傾《かし》げ、須万が置いていった菓子を黒文字《くろもじ》で小さく切って口にした。

「別にどうとは思わないわね。親が決めた許婚《いいなずけ》にお嫁入りするのは当たり前でしょ。あ、でも丸髷《まるまげ》に結うのは楽しみだわ」

でもねぇ、とそこで八重は部屋をぐるりと見回し、ちょっと借りるわね、と部屋の隅《すみ》に置いてある桃の鏡台を引き寄せた。懐紙《かいし》を細くちぎり、自分の眉《まゆ》へあてる。

「ねえ、見て。お嫁入りしたらこんな顔になるのよ」

八重は鏡の中の顔をしげしげ眺め、妻になった後の眉をそった顔を想像し、

「なんだか嫌だわぁ。やっぱりへんよね」

と、眉にあてた紙をくしゃりと丸めた。

「あぁー嫌だ」

嫌だ嫌だと言いながら、それでも八重の表情は華やいでいる。

廊下に足音がし、長吉が八重を呼んだ。

「お八重さま、お品物が整いましてございます。あとは肩掛けの柄をお選びくださいましと、里久お嬢さんが申しております」

「わかったわ」

八重は茶をひとくち飲み、ごちそうさま、と腰を上げた。

「そういえば、なんだか里久お姉さまは寂しそうね」

桃が縁談を受けた日から里久はしゅんとして、食もあまりすすまず、民が心配している。

「でもわたしは桃ちゃんがご同業のご新造《しんぞう》さんになってくれて、とってもうれしいわ」

わからないことがあればなんでも訊いてね、と八重は長い袂《たもと》をひるがえし部屋から出て

いった。

長吉が肩掛けに椿《つばき》や福寿草《ふくじゅそう》の柄も加わったと話し、八重があらすてきとはしゃいでいる。

長吉と八重の声も足音も消え、またひとりになった桃は、部屋の真ん中に置かれたままの鏡台に向かった。

八重がしたように懐紙を細くちぎり、自分の眉へとあててみる。

嫁入りし、誰かの妻になれば眉を落とす。

見慣れないせいか、鏡に映った桃の顔もやっぱり間が抜けてへんだ。

「そうね、わたしも嫌だわ」

しかし同じことを言っても、八重はうれしそうだった。それに引きかえ、

わたしは……。

鏡の中の桃の顔は、なんの感情もない。

もし……もしも相手が耕之助さんだったら。

鏡の中の桃はほほ笑む。頬はたちまち真紅に染まった。

「わたしはっ――」

桃の、黒く大きな瞳《ひとみ》から涙が、ぽろぽろっとこぼれ落ちた。

桃は部屋を飛び出した。

茶を下げにきた民と廊下でぶつかる。

た。

「お嬢さん、どうかされましたか」

民の驚く声にも立ちどまらず、桃は台所の勝手口から外へ出ると、そのまま夢中で走った。

中之橋のうえに立てば、荷揚げ場に耕之助の姿があった。

桃は欄干《らんかん》を摑み、「耕之助さん」といまにも叫びそうな唇をぎゅっと強く嚙《か》んだ。が、こらえきれずもれる息は白く、震える。

「お嬢さん」

声に振り返れば、民が目を真っ赤にして立っていた。

「ずっとご無理なすって」

「お民――」

「どうぞ言わせてくださいまし。耕之助坊っちゃんがお好きなんでございましょ。民だって馬鹿じゃあございません。わかります。毎年の玄猪《げんちょ》の日にお嬢さん自ら牡丹餅《ぼたもち》をおつくりになられるのだって、耕之助坊っちゃんのため。坊っちゃんに食べてほしくて、寂しい思いをさせたくなくて」

「やめて、お民。もう言わないでちょうだい」

桃は耳をふさいだ。

彦作がわかるのだ。長年一緒に暮らす民が気づかないはずがない。耕之助への想いを知られているとわかっていた。けれど。

「やめて……」

決心が鈍《にぶ》ってしまう。

「どうしてです。どうしてそんなご無理をなさるんです」

どうして……だって——。

「お民、お父《と》っつぁまはね、姉さんの婿《むこ》に耕之助さんの名をあげたのよ」

「えっ」

「まだ決まってないとおっ母《か》さまは言いなすったわ。けどお父っつぁまが耕之助さんに縁談《はなし》を持っていったら？　耕之助さんの気持ちはお民だってわかっているでしょ」

「お嬢さん……」

「もし姉さんと耕之助さんが夫婦《めおと》になれば……わたしは平気でなんていられやしない。だったら先にお嫁にいこうと思ったのよ。自分に引導《いんどう》を渡してやれば、あきらめがつく。苦しまずにすむ。ふたりの祝言を笑って、おめでとうって、そう——」

「お嬢さんっ」

桃の言葉が終わらぬうちに、民は桃を抱きしめた。

「民が悪うございました。もう、もう、なにもおっしゃらないでくださいまし」

それでも桃は民の胸の中で自分の想いを吐露《とろ》する。

「お民、でもね、わたしはやっぱり耕之助さんが好き。好きなのよ」

あつい涙が桃の頰を伝った。

隠すように民の胸に顔をうずめても、込みあげる嗚咽《おえつ》は抑えることはできない。

桃の切ない想いを体じゅうで抱きとめながら、民は桃の背をやさしくなでる。

どのぐらいそうしていただろう。お嬢さん、と民が桃を呼んだ。

「いまから『山岸屋』さんにお断りに行きましょう」

あまりに思いがけない民の言葉に、桃は「えっ」と民の胸から顔を上げた。

民もひとしきり泣いた顔で、桃を見つめてくる。

「だって……」

桃は民から体を離し、激しく首をふった。

「もうお受けするとお返事したもの。今さら断るなんてできないわ」

「どうしてです。祝言どころか、結納の日取りさえまだ決まってないじゃありませんか」

「でも」

もしそんなことをしたら、藤兵衛と須万を困らせてしまう。静江や、「山岸屋」の両親はどんなに怒るだろう。

そして寛治郎は――。

「いいじゃありませんか。桃お嬢さんもたまには困らせたっていいんですよ。それに耕之助坊っちゃんが誰を好いていなさるかなんて、問題ではございません。大事なのはご自分のここでございます」

民は自分の胸を叩《たた》いた。

「お気持ちに正直になられたらよろしいんでございますよ」

「正直に……」

桃は己《おのれ》の胸に手をあて、荷揚げ場を振り返った。

耕之助が人足たちとじゃれあうように肩を叩き合っている。なにがそんなにおかしいのか、伸びやかな笑い声が、こちらへ響いてくる。

「さあ、まいりましょう、お嬢さん。人丈夫。民もご一緒いたしますから」

民が桃の前に手のひらを広げた。

民のふっくらした手に、桃は自分の手を重ねた。

桃は本石町《ほんこくちょう》にある、時の鐘のお堂のそばで待っていた。

夕七つ（午後四時ごろ）を過ぎていて、冬の弱い陽射《ひざ》しは早くも傾きはじめていた。

風はいっそう冷たくきつく、前からやってきた行商人は寒さに背を丸め、足早に去っていく。しかし桃は少しも寒さを感じなかった。寛治郎にいったいどう告げればよいのか、それればかりが頭の中を駆けめぐっていた。

「お嬢さん、お待たせしました」

小走りでやってきた民のうしろに、寛治郎はいた。

「どうしたんです。急に会いたいなどと」

寛治郎は口から短い息をはっはと吐く。白い足袋《たび》に泥がはねていて、寛治郎が走ってきてくれたのだとわかり、桃はますますなんと言ってよいのかわからなくなった。相変わらずの無愛想。しかしわずかに照れくささが垣間見《かいまみ》え、桃は立ち尽くしてしまう。

ああ、わたしはこのひとにいまから酷《ひど》いことを告げる。傷つけてしまう。

このままなにも言わずに帰ろうか。このまま嫁入りすれば、誰も傷つけない。

桃の気持ちは千々《ちぢ》に乱れる。

でも——桃は己の胸に手をあてる。

この胸のうちには、ただひとりの男《ひと》がいる。

桃は大きく息を吸って、そして告げた。

「ごめんなさい。わたしはお嫁には——」

そこまで言うのが精いっぱいで、後はただただ寛治郎に深く頭を下げた。

桃のうしろで民も同じく頭を下げる。

それで寛治郎は察しがついたようだ。

とにかく顔をお上げなさいと桃に言う。しかし桃は下げつづけた。

いまの桃には詫《わ》びる方法はこれしかない。

「見合いの少し前だったか、小僧さんを伴って店にやってきた娘さんがいましてね。それがすごく険しい目つきでわたしをじっと見つめてくるんですよ。あとからお八重ちゃんに訊いたら、きっとあなたのお姉さんだろうって言うじゃありませんか」

そのお姉さんにやめておけとでも言われましたか、と寛治郎は言った。

「いえ」と桃は頭を下げたまま答える。

「おやそうですか。そういえば『大和屋』の次男坊もやってきましたよ」

——桃ちゃんを幸せにしろ、浮気なんかしやがったらただじゃおかないからな。

「そりゃあ、えらい剣幕でね。幼なじみなんですってね」

耕之助さんがわたしの幸せを願ってくれている——。

うれしさと切なさが桃の胸に複雑に混ざり合う。

耳たぶまで真っ赤にした桃を見て、寛治郎は合点《がてん》がいったようだ。

「そういうことですか。だったら最初から見合いなぞ」

「……耕之助さんが好いているのは姉さんなんです」

桃は打ち明ける。

「おやおや、それはそれは」

そして寛治郎は黙った。

いつのまにか凪はやみ、桃の足元に雪が落ちてきた。

寛治郎の汚れた足袋にも雪は落ちる。

「今日ここで会ったことを、なかったことにしませんか」

寛治郎は静かに言った。

「いまならまだ引き返せます。どうです、このまま『山岸屋』の、いえ、わたしの女房になってはくれませんか。大切にします」

桃はゆっくりと顔を上げた。

寛治郎は桃を見つめ、ほほ笑んでいた。桃への慈《いつく》しみにあふれたほほ笑みだった。

桃もほほ笑みを返す。

「ありがとうございます」

しかし桃は首を横にふった。

「申し訳ございません」

「想いが届かなくてもそれでも？」

「はい。振り向いてくれなくても」

「気の強いおひとだ。ひょっとしたら、あのお姉さんより強いのかもしれませんね」

寛治郎に言われ、そうかもしれないと桃は思う。

「そうですか。だめですか……。あなたには、わたしの淹《い》れた茶を飲んでほしかった」

「姉がたいそう感激しておりました」

「お姉さんには恥をかかせて、申し訳ないことをいたしました。愛想なしの気がきかない男で自分でも嫌になります」

「実直なのだとわたしは思います」

「ふられたおひとから慰められてもね」

寛治郎は照れくさそうに寒さで赤くなった鼻をこする。

「お姉さんには、またお越しくださいと伝えてください。気兼ねなく。もちろんあなたも」

では、と寛治郎は桃に背を向け帰っていった。その背に桃はまた深く深く辞儀をした。

すっかり日が暮れた帰り道を、桃は軽やかな気持ちで歩いた。

なのに傍《かたわ》らの民の表情はさえない。

どうしたのよと桃が訊けば、民は、あれでよかったんでしょうかねぇ、と視線を暗い道へ落とした。

「なに言ってるのよ。お民が正直になれって言ってくれたんじゃない」

「だから余計なことを言ってしまったんじゃないかって、さっきからずっと思っているんでございますよ。だって、いいおひとだったじゃございませんか。お顔だってすっとした二枚目で、穏やかで。なんだかとんでもなくもったいないことをさせてしまったんじゃないかと思って民は……」

こんなことなら悪口三昧《ざんまい》に責めたててくれたほうがいっそさっぱりして、こんな気持ちにならなくてすみましたのに、と民は寛治郎に未練たっぷりだ。

「そうね、いいおひとだったわ。のちのち、あのときって、後悔するかもしれないわね」

「お、お嬢さん」

おろおろする民に、桃は朗《ほが》らかに笑う。

「大丈夫よ、お民。今はこれでよかったと思ってるの。それでいいのよ」

桃は決めたことに迷いはなかった。それでも家に帰り、両親や姉にいざ伝えようとしてもなかなか話せず、いつ切り出そうかと機会をうかがっているうちに夕餉《ゆうげ》となった。

「桃、どうしたんだい。せっかくの鰈《かれい》の煮付けが冷めちまうよ」

なんだか顔色が悪いね。里久が心配してくれたのをきっかけに、桃は畳をにじって下がり、両の手をついた。

「お父っつぁま、おっ母さま。わたし今日、寛治郎さんに会ってお見合いを断ってきました」

里久の箸から煮付けの身がぽとりと落ち、甘辛く味をつけた煮汁が、里久の膝に茶色い染みをつくった。いつもなら「これ里久っ」と小言を発する須万も、燗酒《かんざけ》をちびちびやっていた藤兵衛も、突然のことに口をあんぐり開けている。

「相談せず、勝手なことをしてごめんなさい」

許してくださいと桃は額を畳につける。

「あたしのせいなんでございます。桃お嬢さんは悪くはございません。あたしが浅はかなばっかりに、お断りしろとそそのかしたんでございます」

部屋の隅に控えていた民が申し訳ございませんと、畳に這《は》い蹲《つくば》るようにして詫びた。

「いいえ、お民のせいじゃないわ。自分の気持ちに正直になったんです」

須万が桃をじっと見つめていた。

おまえはつらい道を選んだのかい。

須万の切なげな眼差しは、桃にそう問うていた。

このまま嫁いで幸せになってもらいたい。母親としての望みも滲《にじ》んでいる。

桃、後悔しないかえ。

ええ、しないわ。

桃は須万へうなずいた。

突然、里久が桃をまねて、うしろに下がって手をついた。

「お父っつぁま、おっ母さま、わたしも正直に言うよ。わたしもまだ婿を取りたくないんだ。それに桃がお嫁にいくのも嫌だよ。だってこうしてみんなで暮らしはじめて、まだほんのちょっとだよ。それなのにもう離ればなれになるなんて、寂しいよ。もう少しだけでいいから、このままでいさせておくれ」

このとおり、お願いしますと里久は桃の横で頭を下げた。

ふたりの娘に須万は小さく息をつく。

「おまえさま、この桃がこれほど我を押し通したんです。この縁談はお断りいたしましょう。それに里久が言うように、わたしももう少し娘たちと暮らしたいですし」

藤兵衛はおいおい、と慌てて盃《さかずき》を膳に置いた。

「わたしだってそうさ。おまえがお年ごろだなんて言うから」

「まあ、先にこの縁談に乗り気になったのは、おまえさまのほうではありませんか」

「それはおまえだって」

「だってあれは」

須万、と藤兵衛は須万にちらりと目配せした。

傍らで娘ふたりがはらはらと両親を見守っている。

藤兵衛と須万は互いにぷっと噴き出した。

藤兵衛はふたりにうなずく。

「おまえたちの気持ちはよくわかったよ。もう急《せ》かしたりはしないさ」

「ありがとうお父っつぁま。ありがとうおっ母さま」

里久と桃はわっと手をとり合って喜んだ。

須万もほっとする。

しかしいちばんほっとしているのは、娘たちを手放さずにすんだ藤兵衛だった。

「だがあのお師匠さんがなんて言うかなあ」

藤兵衛は苦《にが》そうに酒を呑《の》む。

須万も「そうですねぇ」と青眉を寄せた。

「こういうのは早いほうがいいですよ。さっそく明日にでも行ってまいります」

おっ母さま、わたしも行きますと桃が言った。

「そうだね、そのほうがいいね。なに、誠心誠意詫びればわかってくれますよ」


静江は烈火のごとく怒った。

額をすりつけ何度も詫びる須万に、一度受けた縁談を覆《くつがえ》すなどと責め、母親の育て方が悪いとなじり、どんなに自分が骨を折ってきたかわかっているのかときんきん声で言いたて、あげくの果ては里久のせいだとわめいた。

桃は静江の家の門をくぐる前、須万に「いいね、なにを言われてもじっと我慢。とにかく黙っているんだよ」と言い含められていたので、須万の後ろで頭を下げながらぐっと辛《しん》抱《ほう》していた。

「里久のせいなどと、けっしてそのようなことは」

須万の反論を、しかし静江は「いいえ、きっとそうです」とあの甲高い声で吹き飛ばす。

「桃さんはもっと素直な娘さんでしたよ。里久さんが帰ってらしてからは、すっかり変わられてしまって」

やさしくておとなしい桃さんはどこに。このままでは年ばかりいって、誰ももらってくれなくなりますと、静江はまくしたてる。

「こんなよい縁談を断る理由がどこにありますか。……そう、そうなのですね。わかりましたよ。桃さんはおやさしいから。お姉さんに遠慮なすっているのね」

あらいやだ、それならそうと早く言ってくださいましな。ええ、ようございますとも。里久さんにも立派なお婿さんを見つけてさしあげますと、静江は独り合点して取りつくしまもない。

「里久さんはたしか桃さんとふたつ違いでしたから、十七ですか」

よい縁談相手を探すにはぎりぎりだと言う。

「それにこう言っちゃあなんですけど、浜育ちでお行儀や作法もあったものではございませんでしょう。たくのお稽古をつづけてさえいれば、もう少しましになっていたものを。でもなんとかいたしましょう。なんたって『丸藤』の跡とり娘さんですもの。多少のことは目をつむっても大店の婿になりたい者はたくさんおりますよ」

と静江の毒舌はとまらない。

あまりの言い草にたまりかねたのだろう、須万がなにか言おうとしたのが桃にはわかった。が、すでに桃の辛抱の糸はぷつりと切れていた。

「大きなお世話でございます」

桃は叫んだ。

「素直じゃないのも、縁談を断ったのも、姉のせいではありません。これが本当のわたしなんです。わたしが自分で決めたことです」

あなたに姉のなにがわかる。無礼もはなはだしいと、桃の怒りはおさまらない。

姉さんこそ、素直でまっすぐで、けっして人を貶《おとし》めるようなことはしない。いつも相手に寄り添ってゆく。青物問屋の隠居のはにかんだ笑顔を桃は忘れられない。

わたしは姉さんからなんと多くのことを教わったことか。

「まあ桃さんたら、そんなことおっしゃって。お嫁にゆけなくなっても知りませんよ」

「結構ですわ。わたしは嫁ぎたいときに嫁ぎたい相手にまいります。年だからって断られるなら、それはそれでかまいません。そもそも、そんな相手と一緒になりたいなんて思わない。これは姉さんだって同じだわ。もうこれ以上、お節介はよしてくださいまし」

静江は顔を赤くしたり青くしたり。それにかまわず桃は、ではこれにてお暇《いとま》いたします。

ごきげんよう。さようならと立ちあがり、さっさと座敷を出ていった。そのまま静江の家を出て、門を出て、早い足どりで道をすすむ。

どれぐらい歩いただろう。冷たい風に吹かれているうち、かっと頭に上った血も下りてきて、桃の気持ちも落ち着いていった。が、今度はだんだん血の気が失《う》せてきた。

そこへ、桃、お待ちったら、とうしろから腕を摑まれた。

「いくら呼んでもおまえったらずんずん行ってしまんだから」

須万がやっと追いついたと息を切らしている。

「おっ母さま、どうしましょう。わたし、お師匠さんにずいぶんひどいことを言ってしまったわ」

なんてことをしたんだろうと桃の声は震える。

真っ青になって今にも泣きださんばかりの娘に、須万はなにをいまさらと愉快そうに笑った。往来でこんなに笑う須万を見るのは、桃ははじめてだ。

「おっ母さまったら、笑いごとじゃないわ」

「だっておまえ、言ってしまったものはしかたないじゃないか。それにおまえが言わなくても、わたしが言っていましたよ」

「おっ母さま」

「稽古を辞めろと言われたら辞めればいいよ。なにもお茶を教えてくれるところは、あそこだけじゃないんだからね」

大丈夫だよ。須万は桃の頬を両の手のひらで包み、やさしくさすった。

「まっすぐなところは里久そっくりだねぇ」

「本当に？　本当にわたし姉さんと似ている？」

「そりゃそうさ。血を分けた姉妹だもの。おや、噂《うわさ》をすればなんとやら。泣きそうな娘がもうひとりあんなところにいるよ」

見れば、つい先の道の角に里久の姿があった。心配そうにうろうろしている。

「姉さーん」

桃は里久に大きく手をふる。

「桃ぉ」

里久がこっちへ駆けてくる。

「桃、大丈夫だったかい。ひどいこと言われやしなかったかい」

「ええ、大丈夫よ。わかってくれたわ」

里久はそれでも不安げな視線を須万に向ける。

須万がうなずくのを見て、やっと胸を撫でおろしている。

「そうかい。よかったぁ」

そんな娘たちに須万はひとつ提案をした。

「ねえ、おまえたち。せっかくだからどこぞで甘いものでも食べて帰らないかえ」

なにがいいかい、と問う須万に、里久と桃の声が重なる。

「お汁粉《しるこ》！」

冬の町角に「丸藤」の女たちの笑い声が弾《はじ》けた。

そんな女たちのうえに、雪がちらちらと舞い落ちる。

江戸は冬本番である。

時代小説文庫
み12-2

妹《いもうと》の縁《えん》談《だん》 小間《こま》もの丸藤看板姉妹《まるふじかんばんしまい》㊁

著者 宮本紀子《みやもとのりこ》

2019年12月18日第一刷発行
2019年12月28日第二刷発行

発行者 角川春樹

発行所 株式会社 角川春樹事務所
〒102-0074 東京都千代田区九段南2-1-30 イタリア文化会館

電話 03(3263)5247[編集] 03(3263)5881[営業]

印刷・製本 中央精版印刷株式会社

フォーマット・デザイン＆シンボルマーク 芦澤泰偉

ISBN978-4-7584-4312-8 C0193

http://www.kadokawaharuki.co.jp/[営業]
fanmail@kadokawaharuki.co.jp[編集] ご意見・ご感想をお寄せください。